조금만 더 사랑해요

스위스 처녀 카린과 분당 로띠 졸리의 꿈

조금만 더 사랑해요

2002년 5월 10일 초판 1쇄 인쇄
2002년 5월 15일 초판 1쇄 발행

지은이/ 카린 슈미트 • 김 현 자
펴낸이/ 김 종 현
펴낸곳/ 인 북 스

서울 마포구 도화동 36 고려아카데미텔 II 928호
전화/ 02)703-7408 팩스/ 02)6732-7400
등록/ 1999. 4. 21 제10-1742호
www.inbooksmedia.co.kr
ⓒKarin Schmied, 김현자. 2002.

파본이나 잘못된 책은 바꾸어 드립니다.
ISBN 89-89449-08-1 03810

값 9,500원

이 책의 공급처는 **한국출판유통주식회사** 입니다.
전화/ 031)945-2900

조금만 더 사랑해요

스위스 처녀 카린과 분당 토끼 졸리의 꿈

인북스

얼마만큼 오래 살았는가 하는 것보다
어떻게 살았는가 하는 것이 더 중요합니다.
사람이나 동물 그리고 식물에 이르기까지
모든 생명이 있는 것들과
더불어 사는 삶을 내게 가르쳐주신
나의 부모님들께 이 책을 바칩니다.

-Karin Schmied-

여는 글

　자그마하고 조용하기만 한 산사의 따뜻한 온돌방에서 자고 나니 전날 여행길에 쌓인 피곤이 말끔해졌다. 잠결에 타닥타닥 하는 소리가 어렴풋이 들려와 방문을 열고 나가니 산 속의 차가운 새벽 공기가 가슴 깊숙히 상쾌함을 전해준다. 하늘은 아직도 컴컴한데 저쪽 부엌에서 불꽃이 보이고 인기척이 느껴진다.

　얼굴이 발그레하게 빛나는 비구니

스님이 새벽군불을 지피고 있다. 오래된 나무일수록 벌레들이 많이 기생하고 있기 때문에, 혹시라도 알을 까거나 그 안에서 살고 있는 곤충들을 살생하게 될까 염려하여 고목의 나뭇가지들은 절대로 불을 떼는 데 쓰지 않는다고 가르쳐주신 스님이다. 아름다운 얼굴만큼이나 마음씨도 자상하신 분이다. 유럽에서는 찾아보기 어려운 소중하고 아름다운 마음..... 그 아름디움에 사로잡혀 조금이라도 그 모습을 배우려 노력하며 한국에 정착한 지 어언 14년이 되었다.

스위스 처녀라고는 했지만 사실 나는 알프스의 소녀 하이디나 몽블랑에 핀 에델바이스처럼 청순하고 싱그러운 모습의 젊은 아가씨는 아니다. 제법 나이가 들어서도 결혼을 하지 않은 채 서울에 살고 있으며, 한남동의 서울독일학교 유치원에서 독일어권 아이들을 가르치는 평범한 유치원 교사이다. 1982년 아시아 여행 때 일본을 거쳐 부산에 도착하자마자 '여기가 바로 내가 살아갈 곳이구나' 라는 첫 느낌이 모래사장에 물이 스미듯 밀려들어 왔었다.

스위스에 돌아가서 세월이 지나도 바래지 않는 한국에 대한 미련을 가슴속에 담아두고 몇 해를 지내다가, 어느 날 문득 가족들과 주변 친구들의 많은 염려를 뿌리치고 내 고향 스위스의 프라우엔펠트를 떠나 12,000마일 떨어진 지구 반대편의 낯선 곳으로 향했다. 꿈에 그리던 고향을 찾듯 커다란 여행가방 하나만을 들고 홀쩍 비행기에 올랐었다. 그리고는 서울의 마포에 정착하여 짧지 않은 세월 동안 많은 경험을 하며 한국 사람으로 살고 있다. 때로는 외롭기도 했고 때로는 아프기도 했지만 한 조각씩 기억을 맞추다 보니 너무나 아름다운 인연들로 가득했던 시간들이 가슴 벅찬 감동으로 다가온다.

사진 찍는 것이 취미인 나에게 한국은 더할 수 없이 매력적인 곳이다. 거의 모든 산마다 빠짐없이 들어서 있는 사찰들은 계절에 관계없이 언제나 훌륭한 촬영대상이었다. 그런가 하면 명절에 한복을 예쁘게 차려 입은 아이들의 모습은 나를 한눈에 반하도록 만들었다. 한국 사람들은 정이 넘치고 항상 친절해서 모두 가족 같았다. 사람들은 내게 알프스의 절경을 지닌 스위스가 더 아름답지 않느냐고 반문한다. 하지만 사계절의 구분이 뚜렷하고 아기자기한 한국의 자연은 10년 넘게 카메라를 메고 열심히 돌아다닌 나에게도 아직껏 새롭고 신비로운 장소가 많을 만큼 다양한 모습을 지녔다. 그래서 그동안 찍은 사진으로 해마다 독일학교의 캘린더를 만들기도 한다.

또 한 가지, 내가 열심히 했던 일은 버려지거나 아픈 동물들을 데려다가 다시 걷게 해주고 여기 저기 친구들에게 부탁해서 새 집을 찾아주거나 스위스 부모님 집에 데려다 키운 일들이다. 사진 찍기와 주인 없는 동물들에 대한 보호는 내가 한국에서 할 수 있었던 가장 의미 있는 일이었다고 해도 좋을 듯싶다.

누군가의 손에서 길러지다가 하루아침에 버림받고 밖에서 죽어가는 동물들을 돌보는 것은, 좁은 오피스텔에 사는 나에게 결코 쉬운 일은 아니었으나 끊임없이 계속해왔다. 작은 곤충에서부터 사람에 이르기까지 생명 있는 것의 소중함은 다 마찬가지라고 어려서부터 배워왔고, 유치원의 우리 반 아이들에게 그렇게 가르쳐왔기에 아무런 주저함도 없이 나를 만나게 된 모든 동물들을 최선을 다해 돌보았다.

나와 함께 서울독일학교에 근무하는 한국인 친구 김현자는 나를 알게 된 첫날부터 내 사진들과 내 행동을 칭찬해주고 더 열심히 하도록 용기를 준 사람이다. 공원에서 병든 토끼를 데려와야 할 때도 같이 마음 아파하며 기꺼이 도와주었다. 또한 내 사진들과 함께 한국 생활 이야기나 동물들과의 인연을 사진이 있는 수필집으로 엮어보자고 제안하였다. 망설여지기도 했지만 어쩌면 한국사람들에게 내 이야기를 들려줌으로써 내가 한국에서 받은 따뜻한 친절에 감사하는 마음을 돌려줄 수도 있고 또 생명의 소중함을 함께 생각해보는 기회가 될 듯해 흔쾌히 제안을 받아들이기로 했다.

　　그래서 이 책은 내가 찍은 사진들과 에피소드들이 재료가 되었고, 김현자 씨가 글을 엮는 형식의 쉽지 않은 과정을 거쳐 빛을 보게 되었다. 이 책에 등장하는 많은 사람들, 특히 이국의 낯선 여자인 내게 가족 같은 애정을 보여준 조계사나 남대문 그리고 저 아래 보길도의 수많은 한국인 친구들에게 깊은 감사를 드린다. 난 이제 올 여름이 되면 14년여의 한국생활을 일단 정리하려 한다. 물론 분당에서 데려온 졸리도 함께 한국을 떠나, 스위스의 내 고향에 새로운 보금자리를 만들어줄 생각이다. 그저 더 늦기 전에 나이 드셔서 외로워하는 부모님과 얼마간의 시간이나마 함께 보내고 싶은 딸로서의 작은 소망 때문이다.

틀에 박힌 듯한 인사지만 어디에서 살게 되더라도 결코 잊지 못할 거라는 말을 이곳의 내 친구들에게 반복해서 전하고 싶다. 또한 이 책을 읽어줄 독자들께도 고목의 나뭇가지를 땔감으로 쓰지 않는 비구니 스님의 소중한 마음씨를 귀하게 여겨 가슴속에 곱게 간직해줄 수 있기를 기도드린다.

2002년 초봄

카린 슈미트

차례

여는 글

15 1 졸리가 내게로 온 날

27 2 다섯 살 생일선물

35 3 나와 함께 어른이 된 핀들링

43 4 아버지의 첫 눈물

53 5 내사랑 디플리, 디플리의 연인 맥스

61 6 개구장이 뷔블리

71 7 또 하나의 프라우엔펠트, 마포

81 8 조계사 신도가 된 졸리

91 9 동물가족을 위한 연등

99 10 나의 아버지, 아민

107 11 염소는 잔디 깎는 기계?

117 12 남대문 시장의 오빠들

127 13 멈춰버린 시간 속의 아이들

139 14 조금만 더 사랑해요

153 15 보길도의 새벽

163 16 재환이와 졸리의 꿈

171 17 헌신적인 간호사 졸리

177 18 안녕 코리아

카린의 아름다움을 닮아보려는......

졸리가

내게로

온 날

1

졸리가 내게로 온 날

한국 사람들은 일 년 중, 설날을 가장 즐거워하는 것 같다. 모든 도로가 주차장으로 변할 만큼 모두가 고향으로 고향으로 향하는 모습은 유럽에서는 결코 찾아볼 수 없는 진풍경이며, 몇 시간씩 줄을 서 기차표를 구하는 모습에서 가족간의 끈끈한 유대관계를 엿볼 수 있다. 그러나 상대적으로 한국에서 사는 외국인들에게는 가장 외롭고 쓸쓸한 날이 바로 설날이 되기도 한다.

찾아오는 친구들이 아무도 없을 뿐 아니라 문을 여는 음식점도 거의 없어서 텅 비어버린 도심에서는 갈 곳이 마땅치 않다. 작년 설날 그날도 여느 공휴일처럼 집에 모아둔 빵 조각이며 야채 등 동물 먹이들을 가방에 가득 싸들고 분당의 중앙 공원으로 향했다. 수년 전 분당에 살고 있는 친구로 인해 알게 된 이 공원의 한옥 옆 동물우리에는 토끼라든가 햄스터 등 키우다 버려진 동물들이 항

상 많았기에, 유치원 수업이 없는 주말이나 휴일에는 버스를 갈아
타고 가야하는 번거로움을 마다하지 않고 자주 찾아가곤 했다. 특
히 명절에는 한국에 가족이 없는 나와 비슷한 처지에 있는 공원의
동물들에게 먹이라도 주고 나면 그나마 마음이 훈훈해지기도 했
다.

그날도 언제나처럼 버려진 애완동물들이 가득했다. 휴가철에는
동물만 남겨두고 휴가를 떠날 수가 없어서 버리고, 겨울철에는 아
파트 실내에서 동물을 건사하는 것이 힘들어져서 내다 버리는 동

아름다운 분당공원의 한켠에는 버려진 토끼들이 살고 있다

물의 수가 더욱 많아진다.

　가져간 먹이를 던져주고 있는데 유난히 야위고 아무런 움직임도 보이지 않는 토끼가 눈에 들어왔다. 도대체 먹으려고도 하지 않고 돌아다니지도 않기에 가까이 다가가서 들여다본 나는 깜짝 놀라지 않을 수가 없었다. 밤색이 섞인 노란 빛깔의 털을 가진 이 토끼는 윗니가 아래턱을 뚫고 내려갈 만큼 자라 있어서 아무 것도 씹을 수가 없는 지경이었다. 원래 토끼라는 동물은 이빨이 적당히 자라면 스스로 이빨을 딱딱한 것에 갈아서 아무 문제가 없는 법인데 이 토끼의 경우는 턱의 구조가 어긋나 있어서 혼자서는 이빨을 갈아서 짧게 할 수가 없었던 것이다.

　그대로 두면 굶어 죽을 수밖에 없었다. 이 추위에서 얼마나 굶주렸을까를 생각하니 마음이 조급해졌다. 마음을 가다듬고 일의 순서를 생각하려 애썼다. 우선 그곳에서 데리고 나와 병원에 가서 마취를 하고 이빨을 잘라주어야만 무엇이라도 먹을 수 있을 테고, 먹을 수 있게 되면 다시 건강해질 수 있을 것이 분명했다. 그러나 자동차도 없이 당장 어떻게 할 방법이 없었다.

　아프고 다급한 마음을 다시 추스르고 기다려야 했다. 다음 날

학교의 한국인 친구가 공원의 관리인 아저씨에게 전화를 걸어 상황을 설명하고 아픈 토끼를 데려가도 좋다는 허락을 구한 뒤 토끼를 동물병원으로 데려갔다.

병원으로 향하는 차 안에서 나는 마음을 가라앉히기 위해 그 가없은 녀석의 이름을 생각하고 있었다. 빨리 병이 나아 신나게 뛰어다니며 놀게 되기를 바라는 마음으로 기쁨의 의미가 담긴 '졸리(JOLLY)'라고 이름을 지어주었더니 동행하던 친구가 잘 어울리는 이름이라며 웃음을 보내주었다.

졸리는 마취주사를 맞은 후 턱까지 내려간 이빨을 잘라냈다. 아래턱에서 이빨 조각이 빠져 나온 순간 얼마나 시원했을까? 내 입에 박힌 커다란 가시가 뽑혀져 나온 느낌이었다. 수술할 때 흘린 피도 많았고 상처도 생각했던 것보다 커서 과연 다시 기운을 차릴 수 있을까 걱정이 되었다. 입술의 상처는 꿰매었지만 어긋난 턱은 어쩔 수 없는 문제여서 그대로 둘 수밖에 없고 4주 간격으로 병원에서 이빨을 잘라내주는 수밖에 없다고 했다.

골격이 어긋나 있어서 얼굴이 우습게 생겼지만 마취에서 깨어

나고 기운을 차리면 다른 토끼들처럼 당근을 베어먹을 수 있을 거란 기대감에 난 눈물이 흐르도록 기뻤다. 처음 데리고 나올 때는 치료한 후 다시 공원에 데려다 놓을 생각이었는데 마취주사에 취해 잠이 든 졸리의 얼굴을 보니 도저히 그렇게는 못할 것 같았다.

더욱이 4주마다 한 번씩 병원 가는 날마다 공원에 가서 데려오기에는 번거로울 듯 했다. 그렇다고 또다시 이빨이 자라서 턱을 뚫게 놓아둘 수는 더더욱 없었다. 결국은 좁은 마포의 오피스텔에서 함께 살기로 결정하고 나니 새 가족이 생긴 것을 기뻐하기만 하면 되었다.

졸리가 분당의 공원에서 죽어 가고 있던 것이 어느새 일 년 전의 일이 되었다. 그 사이 내 휴가 때는 다른 친구 집에서 20일씩 지내다 오기도 했지만 좁은 내 집을 불편해하지 않고 잘 지낸다. 청소하는 아주머니를 따라 엘리베이터를 타고 올라갔다 오는 등 산책을 즐기고 나름대로 오피스텔 복도를 돌아다니며 이웃집 사람들을 사귀었다. 이제는 내가 지나가면 제법 많은 사람들이 졸리의 안부를 물어 오기도 한다. 강아지인줄 착각하는 사람도 있어서 아예 내 오피스텔 출입문에 토끼 졸리의 출현에 놀라지 말라는 안

내문을 졸리의 사진과 함께 붙여
놓았다.

　한 달이 지나면 예외 없이 또 병
원에 가야 할 만큼 이빨이 아래턱
을 향해 자라 있다. 몸무게가
3.8kg이나 되어서 다이어트를 시
켜야 하는 것 아니냐는 의사의 놀
림을 들을 만큼 건강하게 커주는
졸리를 보면 너무 행복해서 혼자 웃곤 한다.

　그날 분당의 공원에서 데려온 토끼는 졸리 말고도 한 마
리가 더 있었다. 얼굴에 생긴 일종의 종양으로 인해 눈이 붓고 피
가 흐르는 은회색의 토끼였다. 털 색깔을 본떠 '은털이'라고 이름
을 붙여주었다. 은털이는 지방 종양을 제거하는 수술을 받고 회복
된 뒤, 분당의 친구 집을 거쳐 지금은 내 근무처인 한남동의 유치
원에서 아이들과 함께 행복하게 살고 있다. 다른 어떤 동물들보다
아이들의 사랑을 듬뿍 받고 있는 은털이에 대하여는 뒤에서 또 자

랑할 기회가 있겠지만, 비교적 경제적인 여유가 있는 사람들이 산다는 분당의 어린아이들을 생각하면 마음이 아프기 그지없다.

부모들을 졸라서 학교 앞에서 파는 병아리부터 토끼 강아지 고양이 이구아나 등 갖가지 애완동물을 별생각 없이 사서 기르다가,

이제는 다이어트를 해야할 만큼 건강해진 줄리

싫어지거나 귀찮아지면 아무 곳에나 내다 버려도 아무런 죄책감을 느끼지 못한 채 자라고 있으니 말이다. 생명의 소중함을 모르고 자라는 어린 시절은 아무래도 불행하다고 생각하는 건 나 혼자만의 지나친 염려일까?

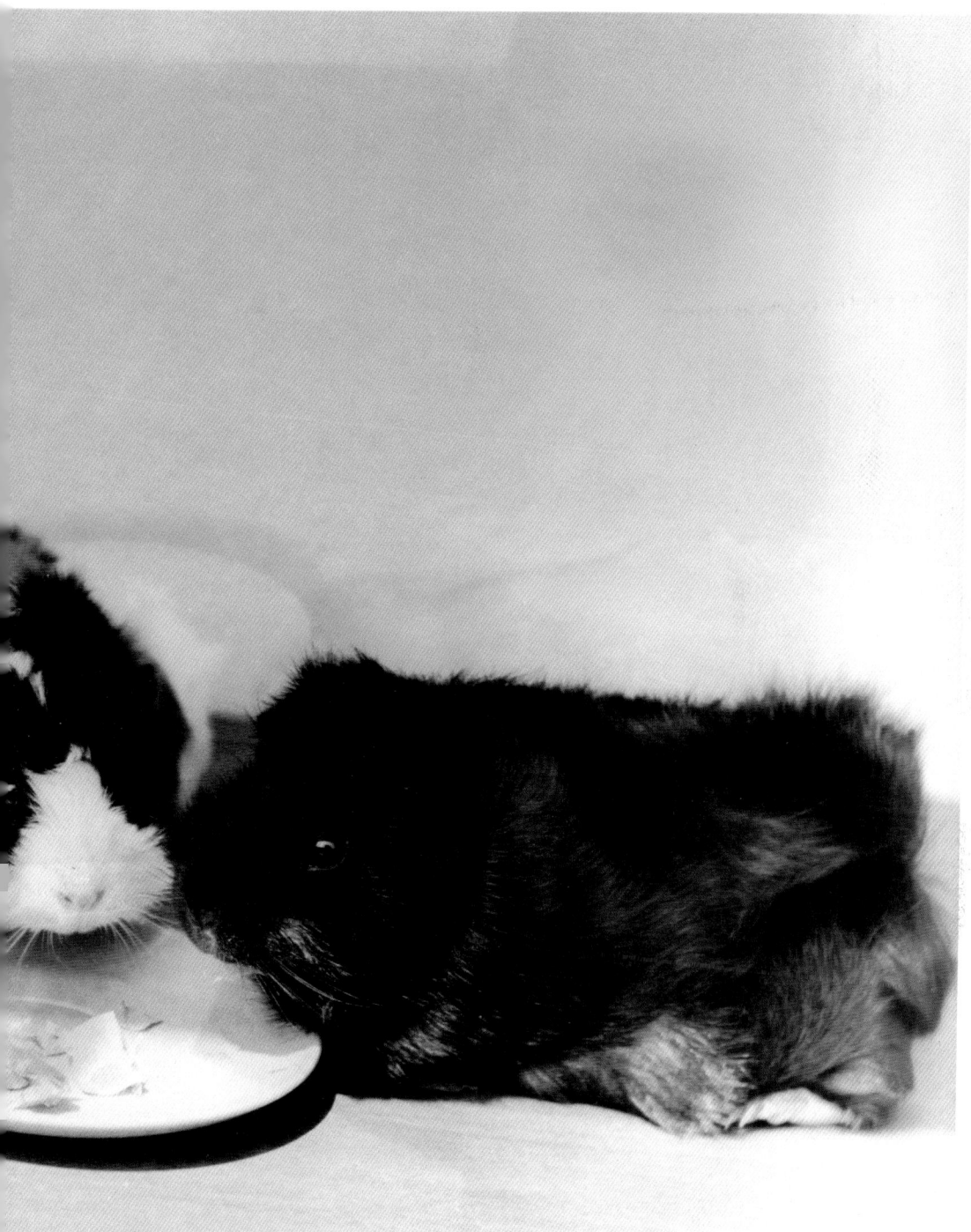

다섯 살

생일

선물

2

다섯 살 생일 선물

 내가 졸리를 모른 척 그대로 두지 못하고 좁은 오피스텔에 토끼 집까지 들여놓으며 함께 지내기로 결심한 것은 생각의 한 모롱이에서 언제나 맴돌고 있는 어릴 때의 추억 때문인 듯하다.

후두둑 하고 비가 지나가면 금새 파릇파릇 생기를 머금는 초록 잔디에서 열심히 물을 마시고 세수를 하며, 긴 뒷다리를 들어 멀리 울타리를 가르고 지나가는 참새를 반갑게 바라보기도 하던 새까만 털의 토끼는 어린 시절의 나에게 가장 사랑스러운 동물이었다. 그러나 나는 항상 안절부절못했다. 그토록 귀엽고 매력적인 토끼를 삼촌의 농장에 가야만 볼 수가 있고 그곳에서만 함께 놀 수 있었기 때문이었다.

아버지는 실업학교 교사였다. 내가 어릴 때부터 시골 마을로 전근을 자주 다니셨는데, 그 덕분에 나는 다양한 환경에서 자랄 수 있었고, 갖가지 동물의 행동양식을 자세히 관찰하는 것이 취미였던 아버지 때문에 우리 집에는 언제나 개나 고양이 등, 크고 작은 여러 동물들이 들락거리는 발목에 채일 만큼 넘쳐났다. 아버지는 동네를 산책하다가도 어딘가 다쳐서 덤불 아래 쭈그리고 있던 고슴도치나 새를 발견하거나 휴가철에 버려진 거북이나 토끼들을 만나면 모두 우리 식구로 만들곤 하셨다. 이런 환경 덕분에 보통의 다른 아이들이 끔찍하게 만지기를 싫어하는 거미 종류나 뱀 이구아나 따위의 징그러운 동물들에 대해서도 나의 호기심은 왕성하기만 했다.

동물에 대한 관심과 호기심은 틈만 나면 날 삼촌의 농장으로 달려가게 만들었다. 삼촌은 특히 토끼를 많이 기르고 있었는데 난 이미 네 살부터 토끼집 청소나 먹이 주는 일을 숙달되게 해내고 있었다. 날 보고 달려들어 콧바람을 뿜어내며 반가움을 표시하는 토끼들을 보면서 난 이미 훌륭한 사육사가 아닌가 하고 자랑스러

위할 정도였다. 다섯 살이 되자, 스스로를 대견해하면서 이제는 유난히 까만 털이 반짝이는 한 녀석을 반드시 집에 데리고 가 혼자 힘으로 키우겠다고 말할 작정이었다. 내 부탁이라면 뭐든지 다 들어주었던 삼촌이기 때문에 꼭 그렇게 될 거란 계산을 머릿속으로 하면서 곧 다가올 나의 다섯 살 생일 선물로 나만의 토끼 한 마리를 요구하였다.

드디어 생일날 아침, 커다란 상자를 들고 올라온 우체부 아저씨가 채 집을 나가기도 전에 난 벌써부터 나오고 싶어 꿈틀거리는 녀석을 상자에서 나오게 했다. 그 녀석은 나오자마자 길고 까만 두 귀와 그보다 더 새까만 털을 자랑하며 식탁 위를 뛰어다니는 걸로 우리 식구들에게 요란한 첫 인사를 했다. 식탁 위의 접시들은 모두 엎어져서 음식은 더 이상 먹을 수 없게 되었고, 엄마의 부지런한 손길로 식사 때마다 빳빳하게 다려져 새로 깔렸던 하얀 식탁보에는 샐러드 소스로 인한 토끼 발자국이 여기 저기 선명하게 남겨졌다. 그때 난감해하시던 엄마 아빠의 얼굴은 지금도 잊혀지지 않는다. 그러나 오래 전부터 토끼를 갖고 싶었던 나에게 그 정도는 아무런 문제도 안 되었고 참으로 여러 계획이 많았다.

잠은 내 침대에서 함께 자고 내 접시에 담긴 샐러드를 함께 먹으며 물론 유치원도 함께 다닐 생각이었다. 이제 막 다섯 살이 된 아이가 집이 아파트 삼층에 있고, 부모님과 언니 그리고 나 외에도 집안 구석구석을 누비고 다니는 원숭이 두 마리, 귀니아 피그, 테라리움 속에 가득 찬 도마뱀과 1.5m 길이의 이구아나 그리고 다섯 마리의 거북이가 함께 살고 있다는 현실을 어떻게 고려할 수 있었을까. 그저 자신만의 토끼를 가까이 두고 돌보아주며 함께 놀고 싶었을 뿐이다.

결국 얼마 지나지 않아 까만 털이 매력적인 그 녀석은 다시 농장으로 돌아갔다. 토끼에게는 끝없이 잔디가 펼쳐진 삼촌의 농장에서 지내는 것이 훨씬 행복할 거라는 어른들의 설득에 수긍해야 했기 때문이다. 그때는 모든 것에 대한 결정권을 일방적으로 행사하는 어른들이 미웠고 헤어지는 것이 마음 아파 구슬 같은 눈물을 흘렸었지만, 나중에는 그 결정이 옳았다는 것을 알게 되었다.

그렇다. 우리 사람들처럼 토끼도 혼자보다는 여럿이 모여서 지낼 때 더욱 행복하게 살아갈 수 있다.

언제나 동물들이 친구였던 알프스에서의 어린 시절

나와 함께

어른이 된

핀들링

나와 함께 어른이 된 핀들링

시간이 나거나 기회가 될 때마다 다양한 동물을 집으로 들여와 매만지고 쓰다듬으며 정성껏 돌보시던 아버지의 취미는 엄마에게는 보통 일이 아니었겠지만, 나와 언니에겐 더없이 행복하기만 한 환경을 제공해주었다. 태어나면서부터 침대에서 함께 뒹굴던 원숭이나 도롱뇽 혹은 거북이가 나와 다름없는 사람인 줄 알았던 것도 무리가 아니었을 것이라고 생각된다.

나와 언니는 우리 집의 거북이 룸피와 품피도 우리와 같은 형제거니 하면서 나이를 먹게 되었다. 우리가 점차 말을 하기 시작하고 그림책을 볼 나이가 되어서야 한 가족이지만 사람이 아니라 동물이라는 것을 인식하게 되었던 것 같다.

두 아이를 키우는 것도 만만찮은 일이었을 엄마에게는 룸피와 품피가 짜증스런 일거리였을 법도 하지만 언제나 귀찮다는 소리 한 마디 하지 않고 자식에게 하시는 것처럼 똑같은 애정으로 돌보아주셨다. 아버지는 사람들이 휴가를 떠나면서 버리고 간 동물들이나 다쳐서 죽어 가는 것들을 데려와 무릎 위에 앉혀놓고 애지중지 키우셨다. 엄마는 그런 아버지를 전적으로 뒷바라지해주셨다. 그런 부모님들의 모습을 보고 자란 내가 동물의 생명도 우리 사람들의 그것처럼 소중하게 여기는 것은 어쩌면 너무나 당연한 일일 것이다.

아빠와 함께 산책을 즐겼던 룸피와 품피

언니와 나는 가끔 거북이들을 데리고 산책도 다녔는데, 내가 초등학교에 입학하던 해의 어느 날, 동네 어귀를 산책하다가 어느 집에선가 기르다가 버렸을 땅 거북이 한 마리를 발견하게 되었다. 거북이의 등은 이미 윤기가 없었으며 표정도 지쳐 보였다. 우리는 서로에게 데려가도 좋겠냐는 동의를 구할 필요도 없이 서로의 눈빛만 마주 쳐다본 후, 집으로 데려 왔다. 많이 지치고 굶주린 듯 기운이 없어 보였지만 특별히 다치거나 아픈 곳은 없는 듯했다. 잘 먹이고 따뜻하게 해주면 금세 좋아질 거라는 아버지의 말씀에 우리는 안도의 숨을 내쉬었다. 길에서 주웠다는 의미인 '핀들링'이라고 부르기로 합의하고 나서는 늘어난 식구를 위한 잠자리 만들기에 모두가 열심이었다. 핀들링은 룸피 품피와는 종자가 다른 땅 거북이어서 베란다의 수족관이 아니라 목욕실 히터 옆에 마른 자리를 마련해주었다.

이때부터 새로운 자매 핀들링은 나와 함께 침대에서 놀고 내가 하는 그림 그리기나 종이 접기 등을 바라보는 것을 즐겼으며, 그렇게 한동안 평화롭게 바라보다가 그대로 잠이 들곤 했다. 점차 나는 핀들링이 잘 볼 수 있도록 숙제도 책상에서 하지 않고 침대 위에 엎드려서 핀들링과 함께 하게 되었다.

그러나 핀들링은 묘하게도 사람만을 좋아할 뿐 저와 같은 종족인 거북이는 마치 못 볼 것을 보는 것처럼 극도로 싫어했다. 아버지의 동료 교사께서 혼자 있는 핀들링을 위해 땅 거북이 한 마리를 선물하셨는데 둘이 얼마나 싸우던지 각각 다른 잠자리를 한 칸씩 차지하고 살아야 했다. 거북이의 싸움이 그렇게 격렬할 수 있

아직도 스위스의 내방을 지키고 있는 핀들링

다는 걸 그때 처음 알았다.

　내가 서울에서 살고 있던 동안 핀들링의 앙숙 거북이는 병에 걸려 36살에 죽었다고 한다. 그리고 룸피와 품피는 학교 길이 빤히 내려다보이는 우리 집 뒷베란다의 커다란 어항에서 아이들이 등하교 하는 모습이나 운동장에서 뛰어노는 모습들을 바라보며 지냈다고 했다. 워낙 동물의 마음을 잘 헤아리는 아버지의 배려였다. 룸피와 품피가 가장 행복해했던 순간은 아이들을 바라볼 때였을 것으로 생각했기 때문에 그렇게 했단다. 물론 학생들도 나와 언니가 그랬던 것처럼 거북이를 사랑의 눈빛으로 대해주었다. 이렇게 세상에서 가장 행복한 거북이의 삶을 살다간 그 거북이들은 지금은 하늘 나라의 초록 잔디에서 아이들을 내려다보고 있을 것이다.

　쉰을 바라보는 나이가 된 핀들링은 지금까지도 스위스 프라우엔펠트에서 내 방을 지키고 있다. 지난 여름방학 때 가보니 이제는 누가 숙제하는 모습을 바라보지도 않았다. 먹이도 숨을 쉬는데 필요한 최소한의 양만 섭취하여 윤기가 흐르던 등도 까칠해지고 있었다.

　하지만 내가 갈 때마다 힘없는 눈에 반가움을 드러내며 천천히 내 무릎으로 올라와 손등에 입을 대고 냄새를 맡곤 한다. 내가 늙어서 더 이상 산책을 할 수 없는 나이가 된다고 해도, 핀들링이 내 곁을 지켜주어 그만이 줄 수 있는 온기를 서로 나눌 수 있기를 소망헌디.

아버지의
첫 눈물

4

아버지의 첫 눈물

드디어 졸리는 작지만 따뜻한 내 공간을 저 혼자 주인인 양 이 곳저곳으로 옮겨다니며 통통 가벼운 점프까지 즐기며 훌륭하게 적응해가고 있었다. 졸리가 깡충거리며 뛰노는 모습을 보면 오피스텔의 작은 이 방에서 지금 졸리처럼 나와 함께 지냈던 디텔리의 생각에 가슴 한구석으로 그리움이 밀려올라 온다. 디텔리는 졸리보다 훨씬 어린 모습으로 내게 왔던 아주 앙증맞은 토끼였다.

1996년은 다른 해와 달리 여름휴가는 물론 크리스마스 휴가도 스위스의 집에서 지냈다. 보통 다른 해의 12월엔 거의 서울에서 친구들과 지내거나 카메라를 들고 설경을 촬영하러 다녔었다. 하지만 그해 겨울은 오랜 타향살이로 가족들과 지내던 성탄절이 그

럽기도 했고 오래 키우던 햄스터가 죽은 뒤라 외로움이 더 커져서 고향에 가지 않고는 견디기 힘들 것 같았다. 그래서 방학이 시작되자마자 단걸음에 비행기를 탔었다.

내 고향 스위스나 독일 프랑스 등 북유럽의 성탄절은 교회를 다니든 안 다니든 종교와는 상관없이 가족들끼리 함께하는 아주 성대한 축제일이다. 성탄절이 며칠 앞으로 다가오면 온 가족은 크리스마스 트리를 함께 준비한다. 장식은 주로 가게에서 파는 것을 사용할 수도 있지만 우리 집에서는 해마다 언니와 내가 유치원 때 만든 별이랑 구슬들을 찾아 건다. 비록 세련되지는 않았지만 수십 년 간 박스에 넣어 보관했다가 일 년에 한 번씩 꺼내보며 곁을 떠난 자식들의 어린 시절을 회상하며 감회에 젖는 것은 어머니와 아버지의 즐거움이기도 하다. 나무 밑에는 가족 모두가 서로를 위해 마음을 다해 준비한 선물상자들이 풍성하게 놓이고, 우리들은 상자를 열어볼 수 있는 24일 밤까지 내가 받는 선물은 무엇일까 상상하는 행복에 잠긴다.

우리 집에서는 물론 우리의 동물들에게도 성탄 선물을 준비한다. 주로 그들이 좋아하는 먹이나 엄마가 특별히 만든 과자 등을 예쁘게 포장해서 나무 밑에 함께 놓아두었다가 역시 산타할아버지의 선물로 전달한다. 24일 밤엔 온 가족이 특별한 음식으로 차려진 성찬을 함께 하고 늦도록 서로 얘기를 하거나 성가를 부르며 그야말로 따뜻한 가족파티를 즐긴다.

이런 화목한 분위기에 젖어서 크리스마스 휴가를 지내면서 겨울에도 늘 푸르게 있는 고향의 잔디를 천천히 밟아보기도 하고 서울에서는 할 수 없는 느린 걸음으로 집 주변 골목길들을 산책한

부창부수. 어머니의 동물 사랑도 아버지에 뒤지지 않는다.

46

다. 수십 년이 지나도 그대로 있는 낯익은 풍경들에 깊은 위안을 받으며 다가오는 새해를 준비하고 있었다.

그런 조용한 휴식도 잠시, 갑자기 서울에서 걸려온 전화가 다시 내 마음을 분주한 흥분 속으로 몰아넣었다. 막 태어난 토끼 두 마리를 선물 받은 친구의 조카가 도움을 요청해온 것이다. 너무나 어린 상태에서 엄마로부터 떨어지게 되어서인지 물도 마시지 않고 사료나 야채도 먹지 않는다는 내용이었다. 전화로 토끼에 대한 일반적인 상식을 알려주고 일정을 앞당겨 서울로 달려왔다. 그러나 한 마리는 이미 늦었고 나머지 한 마리만 내 오피스텔로 데리고 올 수 있었다. 겨우 한 손에 가득 찰까말까한 그 작은 녀석은 혼자 일어서는 것도 버거워했고 움직임도 거의 없었다.

나는 곧바로 들고 다닐 수 있는 토끼장을 산 후 폭신한 수건을 깔고 그 밑에 다시 보온 주머니를 넣어 따뜻하게 한 후 쉬게 해주었다. 한참 동안 거기서 자고 난 아기토끼는 몸을 움직여 기지개를 켜는가 싶더니 천천히 물을 마시고 사료를 먹기 시작했다.

난 엄마가 된 심정으로 가슴이 벅찼고 매일 조금씩 눈에 띄게 포동포동해지는 모습에 반해 새로운 야채를 찾아 나섰다. 백화점까지 가서 무공해로 키운 민들레를 사다 먹이는 등 온갖 정성을 다 기울였다.

녀석이 건강을 회복하자 등을 따라 윤기가 흐르는 털이 두드러지게 예뻤다. 초콜릿색과 검정 그리고 토끼 특유의 잿빛은 물론 하얀 색까지, 네 가지 빛깔이 알맞게 섞여 찬연함을 뽐내고 있었고, 눈썹 또한 붓으로 그린 것처럼 길고 우아했다. 이 매력적인 어린 천사에게 사랑과 아름다움을 상징하는 그리스 여신의 이름을 따서 '아프로디테'라고 붙여주었다. 그리고 유럽에서 흔히 그렇게 하듯 '디텔리'라는 애칭으로 불렀다. 수토끼에게 여신의 이름을 붙여준 것이 우스울지 모르지만 그건 중요한 문제가 아니었고 건강하게 잘 자라주는 것이 그저 고마울 뿐이었다.

자그마한 몸집의 디텔리는 처음과는 달리 아주 부산한 개구쟁이였다. 제 집에 들어앉아 있는 시간보다 방 구석구석을 뛰어다니는 시간이 많았고, 소파가 헤질 때까지 물어뜯기도 했다. 이렇게 뛰어다닐 수 있게 된 지 6주 정도 지났을까. 디텔리가 콧물을 흘리기 시작하더니 며칠이 지나도 그칠 줄 몰랐다. 그대로 기다리기엔 증세가 너무 악화되는 것 같아 불안해서 결국 스위스의 수의사에게 국제 전화를 걸어 증상을 설명했다. 전화를 받은 의사는 80% 정도가 죽게되는 아주 위험한 병이고 사람에게도 옮겨질 수 있는 바이러스니 빨리 항생제를 주사해야 한다고 다급한 목소리를 전해왔다. 그러나 불행하게도 그 항생제는 한국에선 구할 수가 없었다. 나는 대한항공 승무원인 내 친구를 구세주처럼 찾았고 마침 미국까지의 비행일정을 마치고 귀국 중이던 그는 항생제를 구해왔다. 디텔리의 콧물이 완전히 없어지진 않았지만 항생제를 맞

그리스 여신 아프로디테보다 매혹적인 자태의 디텔리

은 후 다시 웬만큼은 건강을 되찾을 수 있었다.

　디텔리와의 생활이 신혼의 그것처럼 혹은 처음으로 아기를 얻은 엄마의 기분처럼 달콤하고 유쾌하게 날 묶어두고 있을 무렵 여름 방학이 되었고, 난 병약한 디텔리를 스위스로 데려가 아버지 곁에 두기로 했다. 그것이 훨씬 좋은 환경에서 살게 하는 길이었기 때문이다. 그러나 동물을 비행기에 태우는 절차가 그렇게 복잡하리라고는 전혀 예측하지 못했었다. 우선 이곳 한국 의사의 예방접종증명과 건강진단을 받아 서류를 스위스 당국에 보내야했다. 그런 다음 아버지가 국경수의사에게 가서 입국해도 좋다는 증명서를 받아와 다시 한국으로 발송해야만 한국에서의 출국이 가능했다. 이 지루한 절차 끝에 김포공항에서 다시 서류를 작성하고 나서야 디텔리의 비행기 표를 살 수 있었다. 아버지 얘기에 따르면 살아있는 생물을 입국시키는 것은 각종 바이러스 감염 등의 우려 때문에 그리 간단하지가 않다는 얘기였다. 이렇게 해서 디텔리와 나는 11시간의 비행기 여행을 함께할 수 있었다.

　예상했던 대로 아버지와 디텔리는 서로가 첫 순간부터 오래된 친구 사이처럼 좋아했다. 아버지가 가는 곳은 항상 디텔리가 함께 따라갈 정도로 서로 붙어다녔고, 마치 잘 훈련된 애완견처럼 명령을 하면 의자에서 뛰어내리거나 식탁 위에 그릇을 갖다 올려 놓는 등의 재주도 곧잘 부리곤 했다. 그 후 토끼들 특유의 병인 신장염에 걸려 디텔리가 하늘나라로 가기까지 5년 동안 나의 부모님은 그와 함께 정말 귀한 경험을 할 수 있었다며 지금까지도 향긋한 회상에 잠기곤 하신다.

우리 가족 모두가 깊은 슬픔에 잠긴 채 함께했던 그의 장례식에서 나는 언제까지나 잊지 못할 아버지의 눈물을 보았다. 내가 태어나서 처음 보는 아버지의 눈물이었다.

우리가 불안한 걸음마를 옮기던 어린아이였을 때나, 혹은 나름대로 굳은 땅 위에 서있다고 큰소리치던 어른이 되었을 때나, 한결같이 우리들의 등뒤에서 든든한 바람막이 역할만을 하시던 아버지가 걷잡을 수 없는 슬픔의 눈물을 흘리고 계셨다. 막 흙을 다 진 디텔리의 무덤가에 서서 울먹이는 목소리로 디텔리의 명복을 빌어주시던 아버지의 모습을 어머니와 나는 영원히 잊을 수가 없을 것이다.

'사람이든 동물이든 얼마나 오래 살았는가 보다는, 어떻게 살았는가가 훨씬 중요하므로 5년에 불과한 짧은 생애를 원망치 말거라. 부디 하늘 나라에서도 좋은 친구들을 만나 아름답고 사랑스럽게 살아가기를 바란다'.

기도를 끝내고도 아버지는 오래오래 거기 그대로 서 계셨다. 마치 오래된 연인을 보내듯 말이다.

아버지 곁에서 행복했던 디텔리

내 사랑 디플리,
디플리의 연인
맥스

5

내 사랑 디플리, 디플리의 연인 맥스

이제 곧 겸손하고 조용하기만 한 개나리가 피었다 지고, 남산에 드문드문 연하지만 도드라져 보이는 초록이 본격적으로 물들기 시작하면 졸리도 스위스 여행준비를 시작하게 될 것이다. 아니 졸리의 편에서 보자면 여행이라기보다 이민이 되는 거다. 다만 졸리가 자신의 의사와는 전혀 상관이 없는 스위스로의 이민을 찬성하고 있는지에 대해서는 썩 자신이 없다. 사실 나와 함께 마포에서 살았던 동물들은 졸리와 은털이를 제외하고는 모두 스위스 여행을 했거나 이민을 갔으니 지금 계획하고 있는 졸리의 이민도 뭐 특별한 일이라고 할 수는 없다. 그중에서도 서울생활의 두 번째 룸메이트였던 '맥스'라는 귀니아피그는 스위스까지의 11시간도 더 소요되는 장거리 비행횟수가 열 번도 넘어서, 대한항공의 승무원으로 근무하는 내 친구에게서 최장시간 항공여행기록보유 동물로 인정을 받은 몸이기도 하다. 어쩌면 맥스는 오직 스위스에 있는 그의 연인 디플리를 만나기 위해 그 긴 시간의 비행기 여행을 언제나 잘 참아냈는지도 모른다.

한국에 온 후 제일 먼저 내 동거자로 뽑힌 영광의 주인공은 '디플리'라는 귀니아피그였다. 아니 디플리와 함께 살 수 있었던 것이 오히려 나의 영광이었다고 해야 옳을지도 모른다. 1982년의 첫 여행 때 낯선 사람들이며 풍경, 음식 그리고 알아들을 수도 없

김포공항에서 디플리와 스위스행 비행기를 기다리며

었던 한국말은 물론, 자갈치 시장의 지저분함까지 다 정겹게만 느껴지고 전생의 고향일거라는 확신까지 들어서 그 후 몇 년을 별러 이사온 한국이었지만 혼자만의 이방인 생활에 외로움이 없을 리 없었다. 온 가족의 만류를 뿌리치고 왔는데 향수병 때문에 시들시들해 보이는 음성을 전하기도 싫어 전화조차 하지 않았기 때문에 고독감은 더했다. 무엇보다 스위스에서 항상 곁에 함께 있었던 동물들이 그리웠다. 넓지도 않은 방의 이 구석에서 저 모퉁이로 옮겨 앉으며 생각에 생각을 거듭한 끝에 동물들과 함께 살기로 결정했다. 여러 가지 어려움이 예상되어 실천을 주저하기도 했지만 그냥 저지르기로 하였다.

휴가 갈 때는 어떻게 하나, 이 좁은 공간에서 동물과 같이 있으면 내 지병인 아스마(천식)에는 정말 나쁠 텐데, 중간 중간의 짧은 방학 때마다 사진촬영을 떠날 생각인데 그때는 또 어디에 맡기나..... 도저히 동물과 함께 살기에는 적당하지 않은 여건이었지만 그렇게라도 내 향수병을 달랠 수 있다면 어려움의 대가는 충분하다는 생각이었다.

더 기다릴 것도 없이 바로 동물시장으로 향했다. 우선 덩치가 작은 귀니아피그로 종류를 정해놓고 보니 그때만 해도 한국에서는 흔하지 않은 동물이어서인지 약 16만 원 정도 되는 거금을 지불해야만 했다. 그 당시 스위스에서 2만 원 정도면 아주 좋은 종류의 귀니아피그를 살 수 있었던 것을 생각하면 큰 투자였지만 머뭇거릴 이유가 없었다. 동글동글한 코에 말랑말랑한 발이 유난히 예뻐서 나를 푹 빠지게 했던 '디플리'를 팔에 안아 데려왔고 그는 완벽한 동반자가 되어주었다. 여름방학이 되어 아버지를 만나게 된 디플리는 언제 내 사랑이었나 싶게 이제는 아버지에게서 떨어

디플리와 맥스와의 사랑은 보는 우리조차 사랑에 빠지게 했다.

지지를 않았다. 산책을 갈 때나 정원에서 일을 할 때도 아버지의 발밑을 맴돌았고 굵은 팔에 붙어다니기를 즐겨하였다.

긴 휴가가 지나고 서울로 돌아오는 내 옆에 디플리가 담긴 바구니는 없었다. 여러 가지 상황을 고려해서 스위스의 아버지 옆에 두자고 결정하였던 것이다. 그러나 서울에 와선 다시 한 달을 견디지 못하고 애완동물 시장을 기웃거려야 했다. 물론 외로움 때문이었다. 이번엔 '맥스'라는 이름을 미리 지어놓고 아주 귀엽게 생긴 포동이를 데리고 왔다. 역시 귀니아피그였다.

맥스는 디플리보다 더 빨리 내 환경에 적응했다. 디플리가 쓰던 물건들을 몽땅 소유해도 되었고 아버지께서 정기적으로 부쳐주시는 전문 사료 덕에 스위스의 디플리와 같은 음식을 먹으며 나를 완전히 자신의 인간으로 길들여가고 있었다. 맥스와 나의 관계는 애완동물과 소유주와의 관계라기보다는 사람과 사람 사이의 관계처럼 서로를 존중하는 사이였다고 말할 수 있다.

맥스와 나는 열 번도 넘게 스위스 여행을 함께했고 그때마다 맥스는 디플리의 훌륭한 연인이 되어주었다. 마치 국경을 사이에 두고 사랑에 빠져 서로 애태우던 커플이 만난 것처럼 둘은 볼 때마다 서로의 콧잔등을 비비며 반가워했다. 맥스 역시 그의 연인 디플리처럼 아버지의 팔에 매달려 프라우엔펠트의 구석구석을 누비고 다닌 것은 말할 필요도 없다. 그렇게 길고 짧은 방학 때마다 해후를 즐기며 사랑하던 둘은 디플리의 갑작스런 죽음으로 이별하는가 싶더니 곧바로 뒤를 이은 맥스의 자연사로 다시 하늘에서 끝없는 사랑을 이어가게 되었다.

그때 감당해야 했던 아버지나 나의 슬픔은 하늘 나라에서 금방

서로의 체온을 느끼며 잠을 즐기던 디플리와 맥스

다시 만나게 된 둘의 행운을 축복하며 묻어두기로 하였다. 서울로 돌아오는 비행기 안에서 창가로 떠다니는 구름들을 보며 난 다시 한 번 사랑스런 두 영혼과 쉽지 않은 이별을 하였고, 그 뒤로 일 년 반 동안은 어떤 애완 동물도 키울 수 없었다.

개구쟁이

뷔블리

6

개구쟁이 뷔블리

졸리는 내 좁은 오피스텔이 전혀 아쉽지 않은 듯 그렇게 조용조용히 이 구석 저 구석으로 옮겨다니며 달콤한 낮잠을 즐기기도 하고 장난감 인형인 제 몸 크기의 털 강아지를 툭툭 건드리며 놀기도 한다.

그 작은 공간에서도 한 눈에 안 보이는 경우가 있어 가만히 들여다보면 벽에 기대어 세워놓은 교자상과 벽 사이의 좁은 틈새에 몸을 길게 늘어뜨린채 누워있곤 한다. 한마디로 성격이 차분하고 조용한 최고의 룸메이트라고 누구에게나 자랑을 늘어놓는 것은 당연하다.

뚱뚱하고 게으른 것이지 결코 착해서가 아니라고 비웃는 친구들도 적지 않지만 여러 마리의 토끼와 살아본 내 의견은 역시 졸리만큼 얌전한 토끼도 없을 것이라는 것이다. 학교 관리인 심씨가 은털이에게 자주 물리는 것만 봐도 그렇고, 얼마 전까지 이곳에서 나와 함께 살았던 '뷔블리'와 비교하면 그 생각에 더욱 더 확신이 간다.

 디텔리가 스위스에서 우리 가족들의 사랑을 온 몸에 받으며 잘 지내고 있을 그 무렵에 뷔블리와 만나게 되었다. 아니 정확히 표현하자면 뷔블리가 날 만난 것이다. 그날도 여느 때처럼 아이들이 엄마 손을 잡고 집으로 돌아간 뒤 교실 뒷정리를 하고 집으로 향하는데 건널목 신호등 주변 쓰레기더미에서 무언가 꿈틀거리는 움직임이 보였다. 호기심에 가까이 다가가 보니 라면상자 속에서 부스럭거리는 소리가 점점 거칠게 들려왔고, 마침내 의아해하며 상자를 열었을 때 나는 깜짝 놀라지 않을 수 없었다. 은회색의 토끼 한 마리가 오돌오돌 떨고 있었다. 안경을 잠시 벗고 뿌연 눈을 비벼보았다. 배설물로 누렇게 젖은 신문지 위에는 오래되어 말라버린 감 껍질과 배춧잎 몇 장이 썩어가고 있었으며, 집토끼와 미니토끼의 잡종인 듯한 녀석이 지독한 냄새를 풍기며 떨고 있었다. 반짝거려야할 검은 눈은 겁에 질리고 버림받은 슬픔으로 젖어 있었다.

허공에라도 마구 소리를 지르고 싶을 만큼 화가 났다. 애꿎은 신호등 기둥을 발로 차고 분노로 얼굴이 벌겋게 달아오르는 걸 느꼈다. 아이들이 조르면 사주었다가 몇 달도 지나지 않아서 흥미가 시들해지거나 건사하기가 번거로워지면 산 생명을 그야말로 쓰레기 버리듯 내다 버리는 사람들을 용서할 수가 없다. 내가 한국에 살면서 가장 실망한 부분이 바로 많은 사람들이 동물을 그저 장난감 정도로만 생각한다는 점이다. 우리의 생명이 귀한 만큼 동물들의 생명도 똑같이 소중하다는 것을 모르지 않을 텐데, 정말 이해

이렇게 반짝이는 눈빛을 버릴 수 있는 사람들의 눈은 어떤 모습일까?

64

할 수 없는 일이다. 그래서 난 내가 고기라고는 전혀 먹지 않는 채식주의자라는 사실이 참으로 다행스럽다.

이미 다섯 살 때 나는 날 위해 죽어야하는 동물이 있다는 사실을 아무렇지도 않게 받아들일 수가 없었다. 부활절이 되면 스위스나 다른 유럽국가에서는 토끼고기나 양 혹은 아주 어린 염소고기로 요리를 해서 먹는 전통이 있다. 크리스마스에 칠면조 고기를 먹는 것과 비슷한 습관이다.

부활절이 되면 우리 집에도 삼촌께서 토끼고기를 가져다주셨는데 삼촌의 성의로 받기는 했지만 아무도 기꺼이 먹으려하지 않아서 늘 닭고기로 대체되곤 했다. 그리고 소시지에도 토끼고기가 많이 들어간다는 것을 알게 된 이후로는 그것 역시 먹지 않았다. 한국처럼 콩 제품도 흔하지 않고 생선도 거의 올라오지 않는 식단이라 고기를 먹지 않으면 단백질 섭취가 부족해서 문제가 되었기에 간혹 억지로 닭고기를 먹기는 했었다.

그러다가 육류 단백질에 대한 알레르기 반응이 심해서 결국 완벽한 채식만을 하게 되었다. 원하지 않는 고기를 억지로 먹으니까

몸도 부작용을 나타내는 것이었다. 난 뛸 듯이 기뻤다. 더 이상 엄마의 성화에 쓴 약을 먹듯이 닭고기를 삼키지 않아도 되었고, 무엇보다 나 때문에 동물이 죽지 않아도 된다는 사실에 안도의 숨을 쉴 수 있었다.

물론 내 고향인 스위스나 다른 나라에서도 휴가를 떠나기 위해 기르던 애완동물을 길에 버리는 일이 전혀 없는 것은 아니다. 하지만 나 같은 이방인에게까지 마음에서 우러나오는 정을 보여주는 한국 사회에서 그 빈도가 훨씬 높다는 것에 난 번번히 발을 동동 구르며 화낼 수밖에 없다.

처참한 몰골로 버려진 라면상자 속의 그 녀석은 벌써 며칠은 그렇게 지낸 듯 배가 등에 붙어 있었다. 뚜껑을 연 후에도 으레 토끼들이 그러듯 팔짝 뛰어오르지도 못하고 바닥만 긁고 있었다. 고민하고 말 것도 없이 바로 안아들고 집으로 데려갔다. 다행히 디텔리가 사용하던 물건들이 그대로 있었기에 나의 새로운 가족은 금세 뽀송뽀송하게 마른 잠자리에서 편히 잘 수 있었고, 긴 시간이 지나지 않아 녀석이 얼마나 개구쟁이인지 알 수 있었다. 그래서 이름도 개구쟁이를 뜻하는 스위스독일어 'LUUSBUEB'에서 아이디어를 얻어 '뷔블리'라고 지은 것이다.

온 사방을 뛰어다니며 구석구석 물어뜯는 것은 물론 잠자는 시간 외에는 잠시도 조용히 앉아 게으름을 피우는 법이 없었다. 특히 컴퓨터 키보드를 갖고 노는 것을 좋아했기에 내 이메일(E-Mail)주소도 'Buebli'를 아이디로 삼았다. 내가 일하는 중에도 책상 위에 올라와 기회만 닿으면 키보드를 누르곤 했는데 그러다가는 학부모들에게 내보내는 공문 등 작업해놓은 자료를 지워버

모처럼 얌전하게 앉아 모델이 된 뷔블리

린 경우도 적지 않았다. 그러나 그런 이유로 내가 뷔블리를 미워할 수는 없었다. 늘 처음 쓰레기더미에서 발견하고 데려왔던 그날과 같은 마음으로 더불어 살아갔다.

며칠씩 돌보아줄 사람을 찾지 못해 사진 여행을 포기하기도 했으며, 유치원이 끝난 후의 약속도 일단 집에 들러 뷔블리의 새 야채며 물 그리고 사료를 챙겨준 후로 정해야 했으나 그런 번거로움도 나에게는 늘 즐거움이었다. 상황이 나쁘더라도 포기하지 말고 더 많이 사랑하고 더 많이 기다려주는 것은 사람들 사이에만 필요한 일이 아니라는 걸 한 순간도 잊지 않았다. 오히려 자신의 의사를 사람에게 전달할 수 없는 동물이기에 사람 편에서 더 많은 배려를 해야하는 것임을 늘 잊지 않고 있다.

뷔블리는 나와 함께 세 번의 여름방학을 스위스 집에서 보냈다. 디텔리와는 한 집에 재울 수 없을 만큼 싸웠으나 그래도 만날 때마다 반갑기는 한 눈치였다. 2년 전 여름 방학을 보내고 서울로 돌아와야 할 날을 불과 며칠 남겨두고, 뷔블리는 심한 간염에 걸렸다. 담당의사는 그 상태에서 오랜 시간 비행기 여행을 하는 것은 무리라고 했고, 나 또한 유치원에 나가야 했으므로 서울로 데려가는 것은 좋은 선택이 아니었다.

동물들과 함께 지내면서 가끔씩은 어쩔 수 없이 부딪치게 되는 절망적인 순간을 또 맞이하게 된 것이다. 난 이럴 때마다 모든 것을 뒤로 미루고 일단 눈앞에 닥친 문제부터 해결해야 할 것 같은 조급함에 몸이 열병에 걸린 것처럼 달아오르고 만다.

그렇지만 새 학기의 시작과 함께 날 기다리고 있을 아이들의 초롱초롱한 눈빛을 떠올리지 않을 수가 없어서, 그야말로 난 마음을

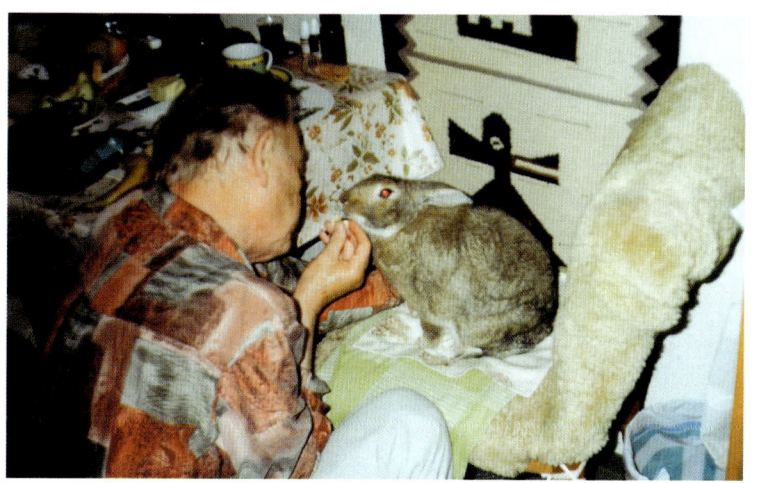

아버지의 극진한 보살핌에 뷔블리는 건강해질 수 있었다.

온통 아픈 뷔블리에게 남겨둔 채로 혼자서 서울로 향했다.

다행히 수의사 못지않게 동물을 잘 아시는 아버지의 지극한 보살핌 덕에 오래지 않아 건강해진 뷔블리의 사진을 한국에서 받아 볼 수 있었다. 매번 아버지에게 얼마나 감사를 드리고 있는지는 이루 말로 다할 수가 없다. 묵묵히 사랑으로 동물들을 거두시는 아버지의 모습은 어려서부터 교과서보다 훌륭한 본보기였다. 내가 교단에 서게 된 것이나 집 없는 동물들을 끊임없이 데려다 돌보는 것도 모두 이 세상을 베풀며 살아가자는 아버지의 생각 그대로일 뿐이다.

또 하나의

프라우엔펠트,

마포

7

또 하나의 프라우엔펠트, 마포

이제 일 년이 넘게 마포에 살고 있는 졸리는 이 좁은 오피스텔을 정말 좋아하는 모양이다. 내가 사진 여행을 떠날 때면 졸리는 언제나 며칠 동안씩은 친구들 집에 맡겨져 지내야 한다.

그러다 다시 돌아오게 되면 마침내 집으로 돌아왔음을 기뻐하는 모습이 역력하다. 구석구석 돌아다니며 냄새를 맡는가 하면 내 침대 위에 누워서 뒹굴기도 하고 비스듬히 열어놓은 오피스텔 문을 머리로 밀고 나갔다 들어왔다 하며 제법 수선을 피우는 모양이 '집에 오니까 참 좋다' 하는 것 같다.

나 역시 한국에 정착한 이후로 줄곧 이 좁은 오피스텔에서 13년 가까운 긴 세월을 살고 있다. 서울독일학교 유치원이 있는 한남동까지 버스를 한 번 갈아타야 하는 번거로움도 있고, 출퇴근 시간도 다른 동료들보다 한 시간이나 더 걸리지만 난 이곳이 좋다. 더욱이 학교에서 보조해주는 집세를 감안하면 얼마든지 더 넓은 집에서 살 수도 있지만 이 오피스텔에서 이사를 간다는 생각은 전혀 해보지 않은 채 만족해하며 살았다.

많지 않아도 넓지 않아도, 함께 나누는 즐거움을 아세요?

남대문 시장이 가깝고 시내에서 멀지 않아서 자전거를 타고 중앙우체국에도 가고 덕수궁에도 갈 수 있어서 편하다. 또한 다른 동료들처럼 학교 근처에 살았다면 나 역시 한남동과 이태원에 형성된 작은 외국인 타운에서만 지냈을 것이다. 기껏해야 쇼핑이나 하고 그곳 사람들하고만 여유 시간을 보내며 한국인의 참 모습을 배우는 것은 엄두도 내지 못했을 것이다. 남대문의 노점상에서 값싼 옷을 사고 스위스에 보낼 선물도 고르며 아주머니들과 얘기하는 재미는 내가 즐겨하는 여가생활이기도 하다.

　발품을 많이 팔면 팔수록 싸면서 좋은 물건을 사게 되는 비결, 물건값을 거의 절반까지 깎는 재미, 나를 신기해하는 한국의 보통 사람들에게 내 고향 스위스 이야기를 들려주는 재미, 몇 번만 들러주면 단골 대접받는 기분..... 이런 것들은 남대문시장에서나 가능한 일들이다.

　이런 여러 장점에도 불구하고 오피스텔에서 한국이웃을 사귀기란 여간 어렵지 않다. 모두들 뜨내기처럼 몇 달씩 살다 가버리는 사람들이 많아서이다. 대부분 대학생들이거나 사무실로 쓰는 젊은 사람들, 그리고 식구가 적은 소가족들이 주로 살고 있는데 이들은 대부분 다른 거주 공간이 생길 때까지만 일시적으로 와있는 경우가 많다. 그래서 친구가 될 만하면 이사를 가고 어느새 또 새로운 얼굴이 옆집에 살고 있는 걸 알게 되곤 한다.

따라서 수시로 바뀌는 나의 이웃 주민들이 내 방에 토끼가 함께 살고 있다는 것을 모르는 것은 당연했다. 뛰지도 않고 스멀스멀 기어다니며 이곳저곳을 기웃거리는 졸리로 인해 젊은 아가씨들은 커다란 쥐가 나타났다고 소리를 지르고, 다른 주민들이 빗자루를 들고 뒤따라 뛰는 우습지 않은 소동이 벌어지기도 했다. 그날 이후로 나는 새로운 입주자나 졸리를 모르는 이웃들을 위해 졸리의 사진과 함께 경고문을 내 문 앞에 붙여놓았다.

"돌아다니는 토끼가 있습니다. 토끼가 오면 바닥에 엎드려서 구조대를 기다리세요. 구조대가 나타나지 않으면..... 행운을 빕니다.!!!!"

지나다니다가 이 경고판을 보고 키득거리는 사람들이 늘어났고 그래서 졸리도 더욱 유명해 졌다.

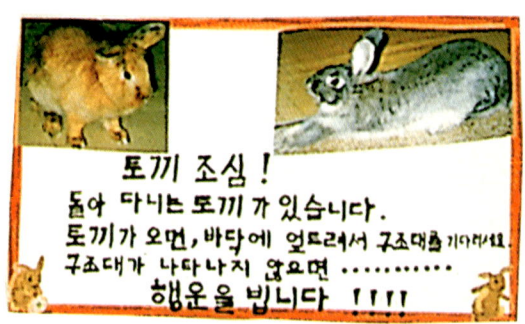

이 경고문 때문에 졸리와 나는 유명인사가 되었다.

오피스텔에서 내가 가족 혹은 가족은 아니어도 이웃이라고 여기고 있는 사람들은 역시 오랜 세월 자리를 지키고 있는 경비 아저씨들과 청소하시는 아줌마들이다. 그분들은 오피스텔 구석구석을 늘 청소하고 졸리의 안부를 물어 오며, 내가 쓰레기 봉투를 버리려 내려가면 얼른 받아서 버려주기도 한다. 아줌마들은 감기라도 걸렸을 땐 예부터 전해 내려오는 한국의 민간요법도 알려주며 걱정해줄 뿐 아니라, 건물 소식을 훤히 꿰고 있어서 몇 층의 누가 어떻게 되었으며 새로 입주한 13층의 아가씨는 연예인 같다거니 하며 아나운서처럼 전해주기도 한다. 남의 말을 하고 다니는 것이 건강한 일은 아니지만 재미있어서 진지하게 들어주고 가끔은 궁금함도 표시하며 즐겨듣는 척 하는 것도 아줌마를 무시하지 않는 방법임을 알게 되었다.

11층에서 오래도록 청소하던 한 아주머니는 남편의 입원으로 간병을 해야해서 청소 일을 그만 두었는데, 얼마 전 은행에서 날 보더니 마치 오랜 친구를 만난 것처럼 반가워하였다. 남편의 병세랑 평생 하던 청소 일을 안 하니 오히려 몸이 더 아프다는 등 그녀의 살아가는 시시콜콜한 이야기들을 진지하게 들려준다. 이방인으로 사는 내겐 이런 사람들이 더없이 고맙고 반갑기 그지없다.

언제나 날 특별히 배려해 주는 경비아저씨

경비 아저씨들도 내가 오피스텔을 떠나지 못하고 기꺼이 여기에서 머무르는 이유 중의 하나이다. 언제나 나의 우편물은 우편함에 넣어두지 않고 11층의 내 방까지 갖다주거나 따로 보관하고 있다가 내가 들어오고 나가는 길에 직접 손에 쥐어준다. 내 방에 고장난 것이 없는지 물어 오고 불편하지 않도록 이것저것 손봐주기도 한다. 내가 늦게 들어오면 다음날 새벽에 학교를 가야하는데 피곤하지 않을까 걱정하며, 토끼는 잘 지내는지 항상 염려해주는 넉넉한 마음의 소유자들이다.

이렇게 난 스위스의 프라우엔펠트와 지구 정 반대편인 마포에 또 하나의 고향과 언제나 정이 넘치는 고향 사람들을 갖고 있다. 한국의 가장 소박한 사람들 틈에서 추운 날엔 된장 찌개를 끓여 먹고, 생일 아침엔 미역국이 빠지지 않는 생일상을 차리며, 냉장고엔 언제나 김치를 넣어두고 산다. 대형 마켓이나 백화점처럼 깔끔하게 포장을 해주지는 않지만 싱싱한 반찬거리를 푸짐하게 얹어주는 남대문 시장을 애용한다.

서울의 하늘이 심한 공기오염으로 뿌옇다고 해도 내 마음 속의

마포 하늘은 뚝뚝 푸른물감 떨어질듯 푸르기만 하다. 올해 설날
도 그 푸른 하늘 아래서 떡국을 한 그릇 먹고 나이 한 살을 더 먹
었다.

조계사의

신도가 된

졸리

조계사의 신도가 된 졸리

졸리가 방안을 벗어나 산책할 수 있는 곳이라야 고작 내가 사는 오피스텔의 11층 복도가 전부이다. 콘크리트 바닥을 소리 없이 미끄러지듯 빠른 걸음으로 걸어갔다 오거나 아줌마가 청소하는 틈을 타 엘리베이터를 타고 몇 층 올라갔다 내려오는 것 말고는 졸리의 운동 욕구를 해결해줄 방법이 별로 마땅치 않다.

한편 분당의 공원에서 졸리와 같이 발견되었던 은털이는 지난 겨울부터 당분간 독일학교의 유치원에서 내 반 아이들과 함께 살고 있다. 그래서 토요일엔 학교 운동장에 나가서 맘껏 뛰놀 수도 있는 은털이의 처지와 비교해보면 졸리가 더욱 가엾고 안쓰러워진다. 그냥 산이 연둣빛으로 서서히 물드는 것만 바라볼 수 있어도 답답함이 덜 할텐데 하고 졸리를 안아 열린 창문으로 밖을 보여주지만 빌딩건물만 빼곡이 눈에 들어온다. 그나마도 졸리는 파

나지막히 목탁소리가 흐르면 이방인에게도 한적한 평온을 안겨준다.

란 하늘과 새봄의 공기가 느껴지는지 코를 벌름거리며 생기 있는
얼굴을 하곤 한다.

이토록 오랜 시간 동안 언제나 기꺼운 마음으로 살고 있는 서울
인데도, 가끔은 여기가 스위스라면 사방으로 졸리랑 걸어다니며
산책을 즐길 수 있을 텐데..... 하며 부질없는 희망을 은근히 가져
보기도 힌다.

더구나 휴일에는 그런 생각이 더 간절해진다. 가까운 곳에 갈
곳이 없을까..... 강아지를 데리고 갈 곳도 만만치 않은 서울인데

토끼인 졸리를 데리고? 아! 종로의 조계사가 있었구나. 청바지 차림 그대로 졸리를 안고 버스에 오른다. 대부분 지나는 사람들은 강아지를 안고 가는 줄 안다.

절 입구에 들어서지도 않았는데 벌써 그 한적한 평화가 온 몸을 싸고돈다. 어디를 가나 누구에게나 한국의 절 문은 활짝 열려 있고, 일정한 리듬을 타고 끊길 듯 끊길 듯 이어지는 스님의 기도 소리는 언제나 모든 사람들에게 치장되지 않은 고요 속으로 빠져들게 한다.

내가 처음 아시아 여행을 했을 때 날 사로잡은 것은 크고 작은 불상들이었다. 어린 시절부터 지금까지도 내게 한결같이 신비스럽기만 한 불상들을 보고 있노라면 꿈을 꾸는듯하다. 그 조용히 웃는 얼굴과 무엇이든 들어주고 감싸주며 언제든 내가 불안한 모습으로 손을 내밀면 덥석 잡아줄 것 같은 널따란 부처님의 손. 카메라 렌즈에 그 손이 들어오면 내 마음은 금세 짐을 덜고 편안해진다.

탁 탁 탁 탁 나지막히 바닥으로 깔리며 튀지 않는 목탁소리와 함께 경 읽는 소리를 듣고 있으면 순식간에 일상의 모든 번거로움과 대도시의 복잡함으로부터 빠져나오게 된다. 한국말을 앵무새처럼 곧잘 하는 나지만 입안에서만 웅얼거리고 마는 스님의 경소리를 알아들을 리 없고 이해할 수도 없지만, 듣고 있으면 바로 이것이 평화로구나 하고 가장 편안한 기분을 느낄 수 있다.

현장 미술가 최병수의 전시 작품 (2001, 조계사)

내가 경 읽는 소리에 빠져 주변을 돌아보지 않는 사이 어느새 졸리는 법당 앞 돌계단을 뛰어 올랐다 내려갔다하며 가만가만 내 쪽을 힐끔힐끔 바라보며 놀고 있다. 보통 토끼의 습성이 집을 열어놓으면 그저 달아나는 법인데 졸리는 내게서 몇 발짝 멀어지는 것이 고작이다. 내가 법당 안으로 들어갈 기미를 보이자 재빠르게 내 발 밑에 와 있다.

사진 촬영을 즐기는 나는 법당 안의 기도하는 모습도 자주 엿보게 되는데 기도를 드리는 사람은 대개가 중년의 여자들이다. 갈색 방석 위에 무릎을 꿇고 앉아 기도하는 모습은 항상 들여다보는 사람조차 복을 받게 해주는 것 같아 행복하다. 끊임없이 반복해서 무릎을 꿇고 절을 하며 손에 든 염주를 한 알씩 한 알씩 굴리며 아픈 가슴의 틈새를 막기라도 하려는 듯한 여인의 몸짓! 그 가냘픈 모습이 한없이 투명하게 다가와 카메라에 담기를 차라리 포기하고 숨죽인 채 바라만 본다. 다하지 못한 기도가 남아있는 듯한 뒷모습이 다가가 꼬옥 감싸주고 싶을 만큼 여리기만 하다.

소리는 없지만 제법 동선이 긴 졸리의 움직임이 법당 안의 사람들을 방해할까싶어 무릎걸음으로 다가가 이리 오라는 손짓을 해

시주를 가로챈 이 비둘기도 조계사의 신도가 아닐까?

보이자 순식간에 기어와 내 팔에 오른다. 그때 비둘기 한 쌍이 날아들어 시주대 위에 올려진 쌀 주머니에 주둥이를 묻고 배를 채우기에 여념이 없다. 그 뒤를 이어 참새도 서너 마리 날아들어 본격적으로 부처님 시주를 가로채지만 그 누구도 쫓으려 하지 않는다. 비둘기의 구구거리는 소리는 이제 스님의 경 읽는 소리와 어우러져 법당에 울려퍼진다. 그 사이 참새는 향로에서 타고 있는 향불을 건드리는가 싶더니 부드러운 재에 사뿐히 내려앉아 뭘 하는지 한참 정신을 팔고 있다. 향로에 내려앉는 모양새가 마치 날아가는 새에서 깃털 하나가 떨어지듯 가볍다.

이렇듯 내가 알고 있는 한국의 절은 사람만 찾아와 기도하는 곳이 아니다. 누가 와서 혹은 무엇이 와서 옆자리를 차지하던 기도를 드리고 있는 여인네들이나 경을 읽는 스님에게는 방해가 되지 않는 듯하다. 아침이면 문틈으로 들어오는 햇살이 머물 듯이 누구든 열린 문으로 들어가기만 하면 평화가 있는 곳이다. 더불어 살고 더 크게 사랑하며 쉴 새 없이 서로에게 먼저 다가가 베풀며 살아가는 방법을 배울 수 있는 곳이 바로 이런 곳이 아닐까?

한국 사람들의 삶 속에서 동물을 위한 배려는 유럽에 비교해 볼 때 턱없이 부족하다. 그러나 여기 부처님의 빛 안에서는 인간과 동물이 하나이고 가진 것을 함께 나누는 모습이 넉넉하기만 하다. 그곳은 막 물오른 버드나무의 연둣빛만큼 깨끗한 심성의 사람들만 사는 세상으로 느껴지게 한다.

동물가족을

위한

연등

9

동물가족을 위한 연등

작년 사월 초파일, 부처님의 생일엔 졸리의 이름표가 붙은 연등이 절 마당 파란 하늘 아래 예쁘게 걸려질 수 있었다. 해마다 음력 4월 8일이면 많은 한국 사람들이 하는 것처럼 나도 가족들을 위한 연등을 달기 위해 조계사로 가곤 하는데 지난 번엔 드디어 졸리도 가족 대열에 끼어 이름을 적어 넣을 수 있었던 것이다.

언제부터라고 말할 수 없지만 나도 모르는 사이에 절 뜨락을 한적하게 거닐고 있는 날 자주 발견하게 되었다. 대웅전 벽에 강렬한 색상으로 버티고 서있는 탱화에 빨려들기도 하고, 우아한 곡선이 파란 하늘로 향하고 있는 지붕의 기와에서 혹은 너른 절 마당에 단정하게 자리하고 서있는 탑에서도 외로운 마음을 의지할 곳을 찾게 된다.

불교에 대하여 잘 알지도 못하는 내가 한국의 절을 자주 찾게 되는 특별한 이유는 없다. 그저 보고 싶어지면 다가가듯이 영혼의 안식이 필요할 때면 머뭇거리지 않고 절을 찾아간다. 많은 경우엔 지친 아이가 엄마를 찾아가는 심정으로 간다. 불교가 무엇인지 볼 수는 없지만 인간과 더불어 모든 생명을 자연스럽게 품에 안아주는 넉넉한 종교라고 생각되었기 때문이다.

절 문밖에 앉아서 안을 들여다보며 상념에 잠기기도 하고 원한다면 모든 생각을 털어버리고 그야말로 무념 무상의 경지로 스스로를 초대한다. 혹은 합장을 하고 절 마당의 탑 주위를 돌면서 기도에 몰입하기도 한다. 이런 과정에서 얻을 수 있는 고요한 순간들, 이렇게 모든 것이 멈추어버린 듯한 순간들을 나는 즐긴다. 살면서 부딪치게 되는 모든 슬픔이나 아픔으로부터 나를 자유로워지게 하며 더 나아가 나를 객관적으로 바라볼 수 있는 기회가 되기도 한다. 내가 불교 신자인지 아닌지는 중요하지 않으며 오로지 순수한 영혼의 경험일 뿐이다.

조계사에는 또 나를 살뜰하게 챙겨주시는 보살님이 게셔서 오래 지나도록 보이지 않으면 소식을 궁금해하실 것 같아 정기적으로 가게 된다. 유럽여자가 절을 찾는 것이 많은 사람들 눈에 신기하게 보이는 것처럼 처음에는 이 보살님께서도 그러셨단다. 조용한 사찰에 청바지 차림에 긴 코의 여자가 나타난 것을 보고 그저 사진이나 찍으러 왔겠거니 생각하셨단다. 그런데 보이는 횟수가 많아지면서 탑 주위를 돌거나 대웅전에 무릎을 꿇고 앉아있는 모습도 보게 되자 관심을 갖기 시작하셨고, 이 푸른 눈의 여자가 한국말을 제법 잘한다는 것을 알게 된 후로는 몹시 반겨주었다. 맛있는 공양도 챙겨주시는가 하면 함께 백팔배를 올리며 이것저것 자청해서 가르쳐주기도 한다. 기와불사가 있다고 설명하여 주길래 오만원을 내고 가족들의 이름을 또박또박 적어넣었다. 고기를 먹지 않는 채식주의자여서 절에서의 공양시간이 항상 기다려진다고 했더니 좋은 인연 만났다며 향긋한 나물들을 자꾸자꾸 더 주신다.

가족과 함께 이 세상의 모든 동물들이
건강하고 오래 살기를 소원한 기와불사

지난 초파일에도 보살님은 팔목 염주를 미리 준비해놓으셨다가 끼워주셨다. 연등도 가장 곱고 반듯하게 만들어진 것을 추려내어 판매대 한쪽으로 밀어놓으셨다. 그 각별한 마음씀에 감동하지 않을 사람이 있을까. 하늘빛에 가까운 파란색 연등을 골라 행복과 건강을 기원하며 온 가족의 이름을 적었다.

졸리의 이름을 적을 때는 분당에서 처음 발견했을 때의 모습이 떠올라 기쁨의 눈물을 참을 수가 없었다. 그리고 스위스의 부모님께서 돌보던 염소 '쇠플리'가 신장염으로 갑작스럽게 세상을 떠났기 때문에 십만 원을 시주하고 하늘나라로 간 우리 동물들을 위한 연등을 따로 달기로 하였다. 쇠플리는 그야말로 특별한 염소였다. 엄마 아버지와 함께 산책길에 동행하는 것은 물론 아버지가 어딜 가시든 항상 따라 다녀서 아버지의 학교나 동네 사람들 사이에서 소문난 염소였다.

이름을 쓰는 송이에 그동안 나와 가족의 인연을 맺었었던 토끼며 귀니아피그, 거북이 등의 이름을 적고 있는데 옆에서 등을 판매하고 계시던 보살님은 동물을 위해 연등을 달려는 내 마음씨가 예쁘다면서 더욱 정성을 다해 꼼꼼한 솜씨로 이름표를 매어주셨다. 이번에는 동물들이 가장 편하게 쉴 수 있는 잔디를 생각하며 연둣빛을 골랐다. 이름표를 꼭 맨 보살님은 연등에 줄을 매고 높이 걸어줄 아저씨를 큰소리로 부르신다. 그리곤 모두 들으라는 듯 더 높은 목소리로 우리 절에서 유일한 동물들을 위한 연등이니 각별히 좋은 자리에 걸어야 한다고 호들갑이다. 신바람이 난 목소리다.

어릴 때부터 난 상상하곤 했었다. 우리 가족과 함께 한 식구처럼 살다가 죽은 동물들은 하늘로 가서 푸른 잔디에 편안하게 누워 땅을 내려다보며 행복하게 살게 될 거라고. 어릴 때의 막연한 상상을 소원으로 엮어 연등에 함께 달았다. 이는 모든 인간들과 함께 이 땅의 생명을 지닌 모든 것들이 행복하기를 바라는 나의 기원이기도 하다.

나의 아버지,
아민(Armin)

나의 아버지, 아민(Armin)

 주로 스위스의 작은 도시들을 전근 다니며 평생을 실업학교 교사로 재직하셨던 아버지의 취미는 시간이 날 때마다 다양한 동물의 행동양식들을 관찰하는 것이었다. 스위스의 실업학교에는 대학교 진학을 희망하지 않고, 다른 직업을 갖거나 농촌에 정착하기를 원하는 학생들이 주로 많았다. 그 때문에 교과 과정들이 아버지의 심성과 자연스럽게 일치하여 언제나 동물들을 가까이에 두고 함께 생활하는 행복을 누릴 수 있었다. 그것도 건강한 애완동물을 사다 기르며 관찰하는 것이 아니라 버려지거나 야생으로 살다가 아프게 된 동물들을 신기하게도 발견하여 집으로 데려오곤 했다. 그리곤 무릎에 앉혀놓고 치료하고 정성으로 돌보며 대부분 그 동물들이 자연사할 때까지 우리 가족으로 머물게 하였다.

어린 시절에 우연히, 병든 까마귀를 돌보아주었는데 그 까마귀

는 자유롭게 날아다닐 수 있게 된 뒤에도 몇 년 동안이나 아버지의 주위를 맴돌았다고 한다. 이후로 아버지는 어떻게 하면 병든 야생동물을 신속하고 완벽하게 치유해서 다시 자연으로 돌려보낼 수 있을까 하는 생각에 몰두하였고, 자연스럽게 동물들의 생태를 세심하게 관찰하는 습관을 가지게 되었던 것이다.

옆집 사는 부인의 보석을 아버지에게 가져다주는 것으로 고마움을 전하려고 했던 또 다른 까마귀에 대한 기억은 아주 오랜 시간이 지난 지금도 슬픔으로만 남아있다고 하신다. 다친 날개를 치료해주어 다시 힘차게 날 수 있게 된 까마귀였다. 그 까마귀는 온통 보석으로 치장하고 다니는 옆집 부인의 집에 날아 들어가 목걸이나 팔찌를 물어다가 우리집 어딘가에 떨어뜨려 놓았단다. 신고받은 경찰은 아버지를 절도용의자로 지목했는데 워낙 반짝이는 것을 좋아하는 까마귀의 소행임을 인정해서 결국 그 까마귀를 사살하는 것으로 사건이 마무리 되었단다. 모든 걸 그냥 지켜볼 수밖에 없었던 아버지에겐 그동안의 모든 시간을 후회해야만 했던 순간이었을 것이다. 그러나 이런 아픈 추억에도 불구하고 아버지는 오늘도 동물을 돌보고 계신다.

우리 집안에서도 동물사랑을 몸소 실천하신 것은 물론이지만,

언제나 사랑으로 가득찬 아버지의 손길

학교에서도 수업시간에 말을 듣지 않거나 수업태도가 나쁜 학생들에게 벌을 주어야할 때는, 그 학생에게 동물 먹이를 주거나 동물들을 데리고 함께 산책을 시키는 벌을 내리실 만큼 동물들에 대한 애정은 각별하기만 했다

이제 나이 탓인지 바로 옆을 걸어가는 엄마도 몰라보고 지나칠 만큼 시력이 나빠지셨다고 한다. 서로 다른 볼일이 있어 각자가 집을 나왔다가 우연히 마주쳐도 쉽게 몰라보는 아버지를 보면 엄마는 심장이 멎는 것처럼 절망적이 된다고 하신다.

그래도 지나치려는 아버지의 팔을 잡고 내가 당신과 함께 살고 있는 여잔데 모르겠느냐고 놀리면 소년처럼 미안한 웃음을 웃으시며 꼭 눈 수술을 받겠다고 오히려 엄마를 위로하신단다. 그런 눈으로 자전거를 타고 숲을 돌아다니시며 혹시 다쳐서 풀섶에 묻혀있는 토끼는 없나, 혹은 사람들이 휴가를 떠나며 내다 버린 강아지가 먹을 것을 찾아 헤매고 있지는 않은지 살피신다고 한다. 그 더듬거릴 모습을 상상해보면 고비디가 따로 없을 것 같아 가슴이 저려온다. 워낙 손재주가 뛰어나서 뭐든 당신 손으로 만들어 쓰시는 분이 시력을 잃어 가고 있다니 그런 답답한 일이 있을까

아쉬워 맥없이 기도만 한다.

　다시 어린 시절로 돌아가 오리가족처럼 종종걸음으로 아버지
뒤를 줄맞춰 따라가며 풀들이 싱싱하게 서있는 언덕이랑 키 큰 전
나무들이 곧게 뻗은 숲 안에서 파란 공기와 초록 냄새에 묻혀보고
싶다. 아니 지금이라도 당장 아버지의 곁으로 가 그의 눈이 되어
서 전에 당신이 내게 가르쳐 준 들꽃이랑 풀들을 느끼게 해주고
싶다. 어느 여름철, 집에서 키우던 원숭이를 데리고 갔던 여름 휴
가지에서처럼 시원한 맥주 한 병 앞에 놓고 가족들이 행복해 하는
모습을 보며 크게 웃으시던 반듯하게 잘생긴 아버지의 모습을 언
제 다시 볼 수 있게 될까.

　잠자리에 들려는 대여섯 살의 내 머리맡에서 이야기를 들려준
사람은 언제나 엄마가 아니고 아버지였다. 엄마가 집안일 마무리
하시느라 분주한 틈을 타 늘 아버지가 먼저 우리들 방에 오셔서는
이불도 덮어주고 잠이 들 때까지 책도 읽어주셨는데, 대부분은 동
화책이 아니라 아버지께서 경험하신 동물들의 이야기였다. 그리
고 이야기의 마지막엔 한결같이 생명의 소중함을 강조하셨고, 이

어느 해 여름 피서지에서 재롱을 부리는 원숭이와 함께

세상은 사람뿐만 아니라 모든 생명 있는 것과 더불어 살아야하는 곳이라고 가르치셨다.

　나행히 지난 딜 빈은 수술 덕에 지금은 한 쪽 눈의 시력은 어느 정도 되찾으셨다고 한다. 가족들에겐 드물게 헌신적이고 누구에게나 친구가 되기 위해 노력하며 사셨던 아버지가 이제 노년에 혼자 외롭지 않기를 기도하고 또 기도한다. 곧 한국을 떠나는 내가 유일하게 즐거울 거라고 기대하는 일이 있다면 바로 이제는 내가 늙으신 아버지의 다정한 친구가 되어 가까운 곳에서 늘 돌봐드릴 수 있다는 점이다. 또 나만 믿고 이민을 가는 졸리에게 그 꼼꼼한 솜씨로 단아한 보금자리 한 칸 지어주실 수 있기를 간절히 소원한다.

염소는
잔디 깎는
기계?

11

염소는 잔디 깎는 기계?

어느 날 이른 아침 학교 출근길에 아버지는 털이 긴 스위스 토종 염소 한 마리를 만났다. 그 염소는 목에 매인 줄을 학교 뒷마당 잔디밭에 박힌 나무 말뚝에 묶인 채 성난 울음소리를 내고 있었다. 학교 뒷마당 언덕에 염소라니, 그것도 강아지처럼 목줄을 한..... 누구의 염소일까..... 아버지는 눈을 의심하면서 궁금해하지 않을 수 없었다. 쉬는 시간이 되어 여기저기 물어보니 학교 관리인이 보름마다 한 번씩 언덕의 잔디를 깎아야하는 일이 귀찮아서 알프스 염소를 한 마리 사다놓았다는 것이다.

물론 학교에 잔디 깎는 기계가 없을 리 없었다. 스위스나 독일 같은 나라에선 기온과 강수량이 잔디가 자라기에 적절하고 종자도 추위에 강한 것이어서인지 겨울에도 노랗게 금잔디로 변하지 않고 초록색 잔디가 잘 자란다. 너무 빨리 자라서 관리인들이 잔디 깎는

108

일을 미루지 않고 규칙적으로 해야만 깔끔함이 유지될 수 있어 그 사람들에게는 매우 귀찮은 일이기도 한 것이다. 때문에 잔디 깎는 기계 없이 정원을 관리하는 것은 거의 불가능한 일이다.

　이런 상황이고 보니 게으른 관리인이 염소의 힘을 빌어 잔디를 관리해보고자한 속셈을 그리 이해하기 힘든 것은 아니었다. 염소를 잔디 있는 언덕 두루두루에 주둥이가 닿을 만큼 긴 줄에 매어 나무 기둥에 묶어 두고 사료를 안 주면 매일매일 풀을 골고루 뜯어먹을 것이니, 염소가 그렇게만 해준다면 무거운 기계를 들고 뱅글뱅글 잔디언덕을 돌아야 하는 힘든 일 한 가지는 줄어들 것이었다.

　그러나 불행히도 관리인의 염소는 잔디를 잘 먹어주지 않았고 기꺼이 굶었다. 비가 오나 바람이 부나 혹은 해가 쨍쨍 내리쬐어 더위에 지쳐도 말뚝에 묶인 채, 슬프고 성난 얼굴로 한 곳에 서있기만 했다. 매일매일 염소가 잔디를 뜯어먹기만을 바라는 관리인에게 사람들은 오히려 염소의 배설물이 비료가 되어 잔디가 엄청나게 빨리 자랄 거라고 놀리며 재미있어했다. 보다 못한 아버지는 긴 털의 알프스 염소는 식성이 까다로워 들에서 풀을 뜯어먹는 것을 즐기지 않고 잘 손질된 건초나 배합사료를 먹여야 하는 거라고 그를 설득하기 시작했다.

결국 다시 기계를 메고 언덕을 손질하기로 결정한 관리인이 이번에는 투자한 값을 뽑기 위해 양고기를 즐기는 터키 사람들에게나 팔아야겠다고 알아보고 다니는 것이었다. 소스라치게 놀란 아

세플리,쇠플리와 어머니 아버지의 산책길

버지는 그 길로 엄마를 설득했고 엄마는 '세플리'라는 이름을 지어놓고 새 가족을 맞아들였다.

세플리는 아버지가 새로 지은 집에서 엄마가 직접 만들어주는 사료를 먹고 자랐다. 겨울엔 비타민 섭취를 위해 사과를 넣어 만들었으며, 빵과 당근 감자 옥수수 등 우리가 먹는 음식이 그대로 세플리 사료를 만드는데도 쓰였다. 발굽을 비빌 수 있도록 커다란 돌도 놓아주었다. 바람이 심한 바깥 언덕에서 묶인 채로 밤을 지내다가 아버지께서 깔아주시는 마른 짚단 위에서 자는 것을 얼마나 행복해 하는지..... 말은 통하지 않지만 사람과 다를 바 없다는 것은 표정을 보면 금방 알 수 있다.

점차 엄마의 일과는 세플리의 집을 청소하고 아침 사료를 주고 난 후 함께 산책 나가는 것으로 고정되어 갔으며, 아버지도 수업이 끝나고 퇴근하면 가장 먼저 세플리와 산책을 즐겼다. 당연히 동네에선 염소를 데리고 아침저녁으로 산책길을 도는 이 부부가 구경거리가 되었을 밖에...... 거기다 세플리의 영특함이 뛰어나서 항상 이야깃거리를 만들고 다녔다. 산책을 나서다가 학교 관리인을 보게 되면 그 자리에서 뒤돌아 곧바로 제 집으로 들어간 후 아무리 산책을 가자고 해도 꿈쩍도 하지 않았으며, 엄마 아버지가 피곤해서 산책을 거르기라도 하는 날에는 자기가 거실까지 들어와 옷소매를 물고 조르기도 했다. 이런 신경전은 아버지가 여자친구 '쇠플리'를 데려와 함께 지내게 해준 이후에는 차츰 뜸해졌다.

이 난쟁이 염소 쇠플리는 흰색이 섞인 밤색 털과 아주 작고 가느다란 뿔을 갖고 있었는데, 그나마 한쪽 뿔은 남자친구 세플리와 결투를 하다 부러졌다. 원래 염소들은 뿔싸움을 즐긴다. 그러나 둘은 누가 보기에도 부러울 만큼 좋은 사이였으며 사료도 언제나 같은 그릇에 먹으려고 해서 따로따로 두 그릇을 준비해주면 먼저 한 그릇을 먹고 다시 함께 다음 그릇의 사료를 먹곤 했다.

쇠플리의 영특함은 세플리의 재롱 정도와는 비교도 안될 만큼 뛰어나서 가족들의 인기를 한 몸에 얻었다. 산책하다가 몰래 아버지 점퍼에서 지갑을 꺼내어 염소 우리에 갖다놓는 것도 여러 번 능숙하게 해서 우리를 놀라게 했으니까 말이다.

이렇게 여러 해 동안 남자친구 세플리와 우리 가족들뿐만 아니라 많은 동네사람들까지 즐겁게 해주던 쇠플리가 안타깝게도 병에 걸려 먼저 하늘 나라로 갔다. 부모님이나 내 슬픔도 뭐라 말할 수 없이 컸지만 한 그릇에 밥을 먹고 잠을 자던 세플리의 슬픔은 옆에서 보는 우리의 가슴을 아프게 했다. 하루하루 야위어가는 모습을 보며 어떻게든 잊게 하려고 그전보다 훨씬 긴 시간을 산책하고 다니는 등 온 가족이 많은 노력을 기울여야 했다.

이제 그에게선 예쁘던 밤색 털 대신에 푸석한 회색 털이 훨씬 많이 보이고 늙어가는 모습을 확연히 느낄 수 있다. 예전처럼 뛰거나 조르지도 않고 얼굴도 생기가 덜하다. 그래도 난 세플리가

동네 사람들까지 즐겁게 해준 알프스 산 염소, 세플리, 쇠플리.

오래오래 우리가족으로 함께 살다가 쇠플리의 곁으로 갈 수 있기를 소원해본다.

혼자 지내는 세플리가 안쓰러워 쇠플리라는 암염소를 사다 함께 살게 해준 것을 보면 내 부모님의 동물 사랑은 한국 부모들의 자식 사랑에 견줄 만 하다.

남대문 시장의

오빠들

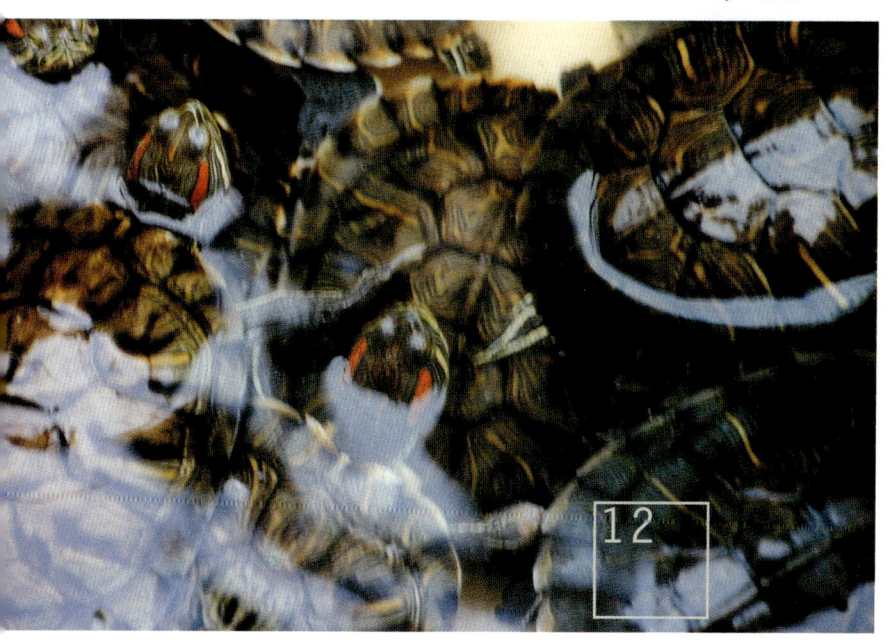

12

남대문 시장의 오빠들

한국사회에서 그야말로 신나는 매력을 느낄 수 있는 곳이 바로 시장이다. 스위스에서처럼 큰 쇼핑 카트를 밀고 다니며 위아래층으로 에스컬레이터를 타고 이동하며 장을 보는 일반적인 슈퍼마켓이 아니라 유럽에서는 볼 수 없는 남대문, 동대문 시장이 그곳이다. 물론 스위스에도 동네 시청 앞이라든가 광장에서 농부들이 직접 길러낸 싱싱한 야채나 과일 혹은 꽃을 파는 주말 장이나 수요일 장이 열리기도 한다. 하지만 한국처럼 상설로 장터가 열리지는 않는다.

처음 남대문 시장을 알게 되었을 때는 사실 얼마나 놀라고 슬펐는지 모른다. 시장 입구에 아주머니들이 끼고 앉아있는 아주 빨간 고무통에 셀 수도 없이 많았던 조그만 거북이들 때문이었다. 스위스 집에 있는 거북이 핀들링이 생각나서 눈물을 흘릴 만큼 반가웠는데 그 반가움은 잠시였고 슬픔이 더 크게 밀려왔다. 저 많은 거북이들이 이렇게 저렇게 요리되어서 사람들의 식탁에 올려진다는 것은 정말 생각만 해도 끔찍했다. 세상의 동물을 다 구할 수는 없지만 눈에 보이는 것만이라도 돈의 여유가 되는대로 사서 다시 놓아주려는 생각으로 녹색의 작은 거북이들을 팔고있는 아주머니에게 조심스럽게 다가가 한 가지씩 물어보기 시작했다.

신기함 반 귀찮음 반 섞인 표정으로 올려다보더니 거북이가 맛있어서 잘 팔리느냐는 질문에는 큰 소리로 웃어대며 팔을 휘휘 내젓는다. 이거 먹으려고? 먹는 거 아니여! 방생하려고 사가는 거야. 참 서양사람들은 별걸 다 먹나벼. 방생이 뭔지 모른다는 표정을 해보이자 두 손을 모아 합장하는 시늉을 하면서 강에 다시 놓아주는 거란다. 난 너무 기뻤다. 한국 사람들이 이렇게 동물을 사랑하는구나 싶어 지나가는 사람들 모두가 예뻐 보였다.

한국친구를 통해 방생 의식이 불교의 한 행사라는 것, 그리고 그것이 생명에 대한 존엄성과 자비를 의미하는 행사라는 것을 알게 되었고 나노 바로 방생을 헤야만 잠을 잘 수 있을 것 같았다. 그래서 우리 집에 있는 핀들링을 비롯한 모든 가족의 숫자만큼 거북이를 사서는 깨끗한 자갈이 다 들여다보일 만큼 말간 물이 찬찬히 흘러가는 여주 신륵사 앞 남한강 가로 갔다. 다시 물 속으로 헤 엄쳐가는 거북이들의 모습은 자유가 무엇인지 눈으로 볼 수 있는 소중한 경험이었다. 방생이 환경 오염과 생태계를 파괴할 수도 있다는 부정적인 염려를 모르는 것은 아니지만 올해도 룸피와 품피를 생각하며 다섯 마리의 자라를 사서 다시 놓아주었고 이 세상 모든 동물들이 행복하기를 기원했다.

남대문 시장의 상인들을 유심히 보면 TV 드라마를 보는 것처럼 재미있다. 길에다 팔에 닿지도 않을 만큼 많은 물건을 펼쳐놓고 '골라! 골라!' 를 외치고 있다. 마치 손해를 보고 파는 것처럼 물건 사가는 사람에게 안타까운 표정까지 지어가며 마음이 약해서 밑지고 판다고 후회하는 척 하는 것을 보면 그야말로 연기자 못지않은 실력이다. 조금이라도 남아야지 밑지면서 물건을 파는 바보는 어디에도 없다는 것은 누구나 아는데도 말이다. 또한 그들의 위협적인 큰 소리에 나 같은 외국인은 여러 번 속을 수밖에 없다. 차라리 말을 전혀 알아듣지 못하면 문제는 오히려 간단하다.

한국에 온지 육 개월쯤 지났을 때 나의 한국어 실력은 겨우 간단한 대화를 나눌 수 있을 만큼은 되었다. 한국어가 서양의 언어와 모든 것이 너무 달라서 배우기가 결코 쉽지는 않았는데 난 한국 사람으로 살고 싶었기에 오자마자 열심히 매달린 결과였다. 특별히 살 물건이 있는 것은 아니었지만 친구와 함께 남대문 시장을 구경하고 있는데 갑자기 등뒤에서 '여기로 들어와요, 어디가? 여기로 와서 보라니까, 들어 와! 들어 와!' 하며 소리를 지르는 것이다. 물론 난 오라는 곳으로 들어갔다. 나에게 오라고 하는 소리로 들었기 때문에 들어가서 '왜 부르셨어요?' 했더니 그 상인 아저씨가 오히려 어리둥설해하며 이쩔 줄을 몰라하는 것이었다.

이걸 먹으려고? 남대문 시장의 언니들은 방생용 거북이라고 일러주었다.

그때보다는 한국말을 훨씬 더 잘하게 된 요즈음에는 노점에서 장사하시는 할머니들과도 이것저것 물어보며 곧잘 얘기를 나누기도 한다. 그들이 쪼그리고 앉아 팔고있는 나물 한 무더기가 너무 빈약해 보이고 분명히 저 나물을 손수 캤거나 키웠을 것을 생각하면 그냥 지나치기가 어렵다. 게다가 나물을 판 돈이 어린 손자를 포함한 당신의 생활비라는 사연을 듣고 나면 전부 다 살 수밖에

'오빠' 라고 불러주면 더욱 친절해지는 시장 사람들

별 도리가 없다.

  그럴 때면 내가 채식주의자인 것이 정말 잘된 일이다 싶어진다. 연금제도와 정부지원으로 최소한의 생활은 보장되는 유럽의 노년과 비교하면 돈이 없거나 모시려는 자식이 없는 한국 노인들의 삶은 그야말로 슬프기만 하다. 평생을 일하고 난 인생의 말년에 적어도 하루 세 번의 식사와 잠자는 것 정도는 어려움 없이 보장되어야 하는데..... 가만히 생각하면 가슴만 아프다. 다행인 것은 그렇게 하루하루를 사시는 할머니들이지만 밝게 웃고 있고 나 같은 외지인이 말을 걸어도 친절하고 반갑게 대해준다는 것이다.

  한 번은 내가 좋아하는 콩나물을 팔고 계시던 아주 키가 작고 허리가 꼬부라진 할머니 앞에 앉아서 카메라를 보이며 사진을 좀 찍어도 되겠냐는 부탁을 드렸다. 깊이 패인 주름위를 지나가는 미소가 날 붙잡았던 것이다. 쑥스러워하시며 콩나물이나 사주지 예쁜 아가씨도 아닌데 사진은 어디다 쓸려고 찍으려고 하느냐며 한사코 싫나 하신다. 할 수 없이 콩나물을 이만 원어치 사겠다는 약속을 하고 그 환한 얼굴을 렌즈에 담을 수 있었다. 그 사진은 해마다 내 사진으로 장식이 되는 독일학교 달력에 실려 할머니가 모델로 데뷔하시는 계기가 되었다.

　지난번 미국의 9.11사태가 있고 난 뒤 시장에 갔더니 이번엔 우리 모델이 취나물을 팔고 계셨다. 모델 할머니 앞에 앉아 나물 파는 것도 거들며 수다를 떨던 나는 은근히 할머니를 웃기고 싶어져서 '할머니, 오사마 빈 라덴이 누군지 아세요?' 하고 물었다. 돌아온 대답은 정답이었다. '내가 그것도 모를까 봐서? 빈 라면! 그놈 나쁜 놈이지. 그놈 때문에 많이 죽었잖아.'

　또 한 가지 재미있는 것은 고객들이 상인들을 부르는 호칭이다. 몇 년 전까지만 해도 '아줌마, 아저씨' 라고 부르면 되었었다. 유럽인에게는 친척도 아닌데 그렇게 부르는 것이 이상했고, 친할머니도 아닌데 좀 나이든 아주머니에게는 누구나 '할머니' 라고 부르는 것을 도저히 이해할 수 없었지만 한국 생활이 햇수를 더해가면서 물건을 살 때는 나도 자연스럽게 '아저씨, 아줌마' 라고 부르곤 했다. 그러면 상인들도 나를 영락없이 아줌마라고 불러서 기분이 썩 유쾌하진 않지만 그렇게 자연스럽게 서로 대화를 시작할 수 있다는 것이 신기하고 좋았다.

　몇 년 동안 아줌마, 아저씨로 통하더니 요즘엔 누구에게나 '언니, 오빠'로 불러야 더 좋아한다는 것을 알게 되었다. 정말 재미있는 것은 젊은 남자도 여자들에게 누나가 아닌 언니라고 낯간지럽게 부르는 점이다. 이런 게 한국 사람들의 유머인가 생각하고 나도 그렇게 호칭을 바꾸어 부른다.

내가 수년 동안 단골로 가는 종이 가게 아저씨도 오빠라고 불러주는 날엔 더욱 싱글벙글하며 평소에도 친절한 사람이 더욱 친절해진다. 내가 조금이라도 피곤해 보이면 어느새 비타민 주스를 내밀고, 물건을 사지 않아도 반갑게 얘기를 건네 오기도 한다. 그 가게는 도매상점인데도 내가 필요한 만큼만 아주 적은 양을 사더라도 도매에 해당하는 값으로 지불할 수 있게 배려해준다. 또 유치원 공작시간에 자주 필요한 종이 상자 등을 모아 놓았다가 챙겨주는 것은 그 오빠가 벌써 몇 년째 해주는 일이다. 구하기 어려운 재료도 부탁해놓으면 어떻게든 꼭 구해주는 성실함으로 늘 나를 감동시키는 그에게 나는 더욱 열심히 분명한 발음으로 '오빠'라고 불러준다. 유럽에선 십 년 동안 같은 가게에서 물건을 사도 피곤해 보이는 손님에게 비타민 주스를 대접하는 주인은 없을 것이다. 더욱이 외국인에게 말이다. 한국 사람만이 갖고 있는 깊은 매력이다.

이렇게 내가 학교 수업이 끝나고 마포의 오피스텔까지 가는 길에 들르는 남대문 시장에서 만나는 사람들이, 나에게는 정말 소중한 한국 친구들이다.

멈춰버린

시간 속의

아이들

멈춰버린 시간 속의 아이들

 작년 설날, 졸리가 분당에서 어
굿난 턱 골격으로 인해 고생하고
있었을 때 바로 그 곁에서 한쪽 눈
에 피를 흘리며 시름시름 앓고 있
던 은회색 털의 토끼가 있었다. 그때 졸리와 함께 병원에 데리고
갔더니 종양이라고 해서 수술을 받게 한 후에도 워낙 상태가 좋지
않았기에 큰 기대를 하지 못하고 포기를 해야하는가 보다 했었다.

그러나 기적처럼 건강해져서 내 친구 집의 온실에서 지내다가
요즈음은 독일학교 유치원에서 아이들과 함께 행복한 하루하루를
보내고 있다. 빛나는 은회색 털이 어쩌나 멋있는지 우리는 그를
'은털이'라고 부른다.

우리 유치원에는 은털이 이전에도 스위스 집에서 살고 있는 뷔
블리가 잠시 머물렀었다. 지금은 초등학생이 된 아이들이 뷔블리
와 함께 동화책도 만들고 교육방송의 어린이 프로그램에 출연도

하며 많은 추억을 만들 수 있었다.

그때나 지금이나 우리 반 아이들의 학부모님들은 자신의 아이들이 과연 토끼 외에도 다른 동물들을 알고나 있는지 걱정이라며 선생님이 토끼밖에 모르니 그건 당연한 일 아니냐고 한다. 그러나 우리 반 아이들은 강아지 사진을 보면 강아지라고 대답하지 토끼라고는 하지 않는다. 아무튼 아이들은 그리기 시간에도 만들기 시간에도 혹은 그림이야기 책을 만들 때도 토끼가 주인공이고 토끼

은털이와 함께한 아이들(테레사, 아나, 엘리아)

만 등장한다.

　내가 유치원에서 맡고있는 학급은 이번 9월이 되면 초등학생으로 진학할 5,6세 아이들이어서 제법 유아티를 벗었고 한 가지에 몰입해서 노는 경우가 많다. 특히 베니는 언제나 은털이와 대화를 하는 것으로 하루를 시작한다. 학교까지 데려다준 아빠의 손에서 빠져나오자마자 선생님인 내게 '구텐 모르겐(Guten Morgen)!' 한마디를 던지고는 은털이 앞에 쪼그려 앉아서 이야기를 시작한다.

　혼자 잠은 잘 잤는지, 잘 때 춥지는 않았는지, 청소하러 온 관리인 아저씨가 어질렀다고 빗자루로 때리지는 않았는지, 슈미트 선생님이 어젯밤 저녁밥은 많이 주고 갔는지..... 질문을 하고는 은털이 눈을 들여다보고 신기하게도 고개를 끄덕거리며 듣는 시늉도 한다. 그 순간에는 아빠나 내가 아무리 불러도 대답은 커녕 아예 들리지가 않는 눈치다. 주변의 모든 것은 은털이와 베니로부터 차단되어 버린 모양이다.

　어른의 경우는 이렇게 깊숙이 몰입하기 위해서 명상이나 요가 등의 수행과정을 거쳐야만 한다. 그만큼 순수를 잃어버렸다는 것을 의미할까. 아이들은 어른이 되어가는 데 중요한 것이 무엇인지 알고 있으며 강요받지 않는 경험을 통하여서도 자신의 세계를 쌓아갈 수 있게 된다. 그래서 간혹은 놀잇감을 손에 쥐어주는 것이 불필요하게 생각되기도 한다. 돌멩이나 모래 혹은 담요 한 장도 아주 훌륭한 재료가 되어 아이들에게 환상의 세계를 제공한다. 은털이와 아침대화를 하고 있는 베니의 얼굴에서 나는 어떤 정형화된 생각의 틀이나 부담감도 없이 그저 모든 것으로부터 벗어난 완전히 자유로운 행복감을 엿볼 수 있다.

나의 토끼 이야기를 즐겨 듣는 우리 반 천사들의 모습이 진지하기만 하다.

아주 오래 전부터 어른이 되어버린 나는 조금씩이라도 아이를 모방하려고 노력한다. 다른 생각 없이 아이들과 동물들 속으로 빠져들기 위해 따져보지 않고 마음으로만 살려고 노력한다.

　때묻지 않고 순수한 어른을 한 사람 말하라고 하면 나는 독일학교 관리인으로 5년째 일하고 있는 심씨 아저씨를 꼽는다. 예순도 넘은 사람이 은털이와 싸우는 것을 보면 정말 그는 어린아이임에 분명하다. 유치원 교실 세 곳 중에서 우리 반 교실 청소 담당은 심씨인데 은털이가 온 뒤부터는 청소 일이 힘들어졌다고 불평이 대단하다. 내가 고양이 집에 사용하는 모래를 깔아 은털이의 화장실을 만들어주었지만 아이들이 모두 가고 없는 밤에 가끔은 제 집 담을 넘어 나와 교실 바닥에 동글동글한 변을 누어놓기도 하는 모양이다. 청소하는 관리인에게는 은털이의 변 덩어리들이 반가울 리 없다. 내 눈에 먼저 보이면 재빨리 치우지만 내가 간 뒤에 해놓은 것은 어쩔 수 없이 관리인 심씨의 몫인 것이다.
　이 관리인이 그동안 은털이를 가끔씩 바닥을 쓸어내는 빗자루로 툭툭 건드리며 자신의 화풀이를 한 모양이다. 건드렸다는 것은

우리반 아이들이 은털이를 모델로 그린 그림우표

그의 표현이었고 은털이의 반응으로 볼 때는 때렸음이 분명하다. 하루는 은털이가 청소하러 들어온 그의 손에서 빗자루를 가로채고 주지 않더란다. 당연히 뺏으려고 했던 심씨는 은털이에게 물려 손등에서 피가 났고 그 뒤로도 관리인이 들어오면 씩씩거리며 거친 콧바람 소리를 내며 마치 목쉰 강아지처럼 킁킁거린다.

관리인은 세상에 태어나서 짖고 물어뜯는 토끼는 처음 본다며 흥분했고, 그 후로는 가급적 은털이를 피하는 눈치다. 소리도 잘 지르고 일하기 싫어 꾀를 얼마나 부리는지 학교나 유치원 행사라도 있는 날이면 교직원들이 애를 먹지만 그의 속마음은 어린아이만큼 단순하고 착하다. 작은 초콜릿만 선물해도 고맙다며 웃는 얼굴에서 천진한 그의 마음을 볼 수 있다.

내가 토요일 오후에 먹이를 주기 위해 은털이에게 들를 때면 은털이의 눈빛이 벌써 다르다. 수업이 없는 토요일에 내가 교실에 오면 함께 유치원 놀이터에서 산책도 하고 놀 수 있다는 것을 알기 때문이다. 초록색 우레탄이 깔린 운동장을 사뿐사뿐 뛰어다니는 은털이를 보면 사방이 초록 잔디인 스위스의 우리 마을이 생각난다. 아무래도 졸리나 은털이에게는 오피스텔이나 유치원 교실

보다는 군데군데 노란 민들레꽃이 피어 있고 하얀 토끼풀꽃이 지천으로 깔린 부드러운 초록잔디가 가장 좋은 환경일 테니 말이다. 봄볕 깊숙이 젖어들어 이런 생각을 하고 있는데 놀이터 이곳저곳을 냄새맡고 다니는 은털이는 2,3분 간격으로 내 쪽을 돌아보고 내가 그 자리에 있는지 확인하며 사이사이 다가와서 내 무릎을 톡톡치며 '나 여기 있어요' 하고 확인시키고는 다시 또 뛰어가기를 반복한다.

자신이 토끼인 것을 잊은 것일까. 원래 울타리를 치우고 풀어놓으면 도망가는 것이 토끼인데 자꾸 돌아와 내가 그 자리에 있어야 마음을 놓는 저 녀석을 어떻게 한국에 두고 떠나갈 수 있을까. 우리 유치원 아이들이 부모를 따라 한국이라는 낯선 땅에 와서 잘 적응하며 살 듯, 졸리도 은털이도 날 따라 스위스로 이사가서 또 그곳의 아이들과 함께 더불어 잘 살게 되는 것이 지금의 가장 큰 바램이다.

우리 유치원 아이들이 지은 너무나 예쁜 토끼 동화

큰 토끼, 작은 토끼 (알리나, 7살)

옛날 옛날에 커다란 토끼 한 마리가 길을 가다가 아주 자그마한 토끼 한 마리를 만났지요. 그런데 이 작은 토끼가 갑자기 커다란 토끼의 두 귀를 잡는 거였어요.

아야, 너 뭐하는 거야?

커다란 토끼는 놀라고 화가 나서 물었어요.

내 귀는 작은데 너의 길다란 귀가 너무 멋있어서 한 번 만져본 거야. 네 귀는 정말 근사해.

그 말을 들은 커다란 토끼는 씩 웃으며 산 속으로 뛰어가 당근 하나를 가져와 작은 토끼와 나누어 먹었어요. 그리곤 두 토끼는 함께 산책도 했습니다. 산책을 하다가 또 다른 토끼를 만났지요. 그리곤 셋이서 함께 놀면 더 재미있을 것 같아 함께 놀자고 말했어요. 세 마리의 토끼는 피곤할 때까지 함께 춤을 추며 놀았어요. 밤이 되어 셋은 함께 잠자리를 찾았고, 영원한 친구가 되기로 약속했어요. 세 마리의 토끼는 서로 꼬옥 껴안고 잠이 들었어요. 아마도 굉장히 많은 당근 꿈을 꾸겠지요. 함께 사는 것이 혼자인 것보다 훨씬 행복할 거예요. 알리나는 세 마리 토끼랑 사는 꿈을 꾸지요.

부활절 토끼 (피아, 7살)

옛날 옛날 부활절 토끼 나라에 두 마리의 토끼가 살았어요. 어느 날 그 나라의 왕이 이 두 토끼에게 낯선 사람이 들어올 수 없도록 성문을 지키라고 명령했지요.

알겠습니다, 폐하. 영광으로 알고 최선을 다해 지키겠습니다.

이렇게 큰 소리로 대답하고 두 토끼는 성문 옆에 서서 사방을 둘러보며 열심히 지켰습니다.

그때 갑자기 달팽이 한 마리가 성문을 향해 기어오고 있었습니다.

거기 서라. 어딜 가려는 거냐?

여자 토끼가 물었습니다.

저는 달팽이나라로 가야 하는데 길을 잃었습니다.

그러자 남자 토끼가 자신 있게 말했지요.

우리는 이 성을 지키는 토끼란다. 걱정 마. 내가 길을 가르쳐줄게.

그러나 문제가 있었어요. 왕의 명령대로 성문을 지켜야 했던 거예요. 결국 남자 토끼 혼자서 성문을 지키기로 하고 달팽이는 여자토끼의 안내로 집을 찾았답니다.

순찰 나왔던 왕께서도 이 일을 아시고 어려운 사람을 도와주는 마음이 예쁘다며 선물을 주고 파티도 열어 주었어요. 성안의 모든 토끼들은 초콜릿과 계란을 선물로 받고 즐겁게 춤을 추며 놀았다고 그래요. 그래서 지금도 부활절에 토끼가 우리 착한 어린이들에게 초콜릿과 계란을 선물로 준답니다.

조금만

더

사랑해요

14

조금만 더 사랑해요

추억할 때마다 노란 민들레와 같은 여린 모습으로 가슴 한구석을 싸하게 밀고 올라오는 아픔을 주는 일들이 있다. 가엾은 모습의 호펠린센에 대한 기억은 또다시 나에게 눈물이 맺히도록 한다. 동물병원에서 죽어가고 있던 고양이 이메일(E-MAIL)이나 오피스텔 뒷마당 쓰레기더미에서 절규하던 어느 강아지 역시 아픈 기억이긴 매한가지다.

찬바람이 볼을 날카롭게 스치던 어느 겨울날, 뷔블리의 집에 깔아줄 대패 밥을 사기 위해 동대문 시장으로 향했다. 지나는 사람들은 얼굴을 보기 어려울 만큼 웅크린 채 빠른 걸음으로 길을 재촉하고 있었고, 나 역시 평소보다 서둘러 시장을 지나고 있는데 동물가게 앞 길바닥에는 여전히 비좁은 상자 안에서 갖가지 애완동물들이 살을 에는 추위에 그대로 노출되어 있었다.

조금이라도 온기를 얻으려는 듯 서로 엉겨붙어 떨고있는 동물들은 보기가 안쓰러울 정도였다. 자기 몸 추운 것은 못 참아 난로를 피우면서 이렇게 추운 날 어린 동물들을 길거리에 전시해놓은 가게 주인이 미웠고 그에 대한 분노로 속이 끓어올랐다. 하지만 꾹 참으며 대패 밥을 사고 나오는데, 삐뚤 빼뚤 늘어선 상자들 중에서 토끼 비스름한 녀석이 들어있는 상자가 눈에 들어 왔다.

유난히 길다란 귀에 갈비뼈가 두드러져 보일 만큼 앙상하게 마른 데다 털이 전혀 없어 언뜻 보기엔 막 태어난 것처럼 보였고, 온 몸은 온통 설사의 흔적이 묻어있어 지저분하기 이를 데 없었다. 저게 무슨 동물일까?

털 없는 모습이 토끼라고 보기에는 너무 특이하였다. 주인에게 묻자 원래 털이 없는 아주 희귀한 야생토끼라며 자기 가게에만 있다고 자랑이 대단하였다. 희귀종이고 뭐고 내 눈에는 건강 상태가 몹시 나빠 보였고, 구해 달라고 애원하는 것 같은 그 눈빛에 발길이 떨어지지 않았다.

내 작은 방에는 이미 뷔블리가 살고 있었고, 대부분의 토끼는 다른 토끼와 함께 지내는 것을 좋아하지 않는다는 걸 잘 알고 있었지만 그대로 거기에 두고 갈 수는 없었다. 결국 내가 사기로 하고 주인에게 값을 물었더니 보통 토끼보다 터무니없이 비싸게 부른다.

이 추운 날 털까지 면도해서 거리에 내놓고 희귀종이라고 속여 돈을 벌려는 가게 주인의 동물학대에 대해서 나무라고 싶은 마음도 들지 않았고 오히려 불쌍해 보였다.

가격을 흥정해 결국 2만원을 주고 손에 안아들고 보니 아니나 다를까 그 토끼는 상태가 너무 좋지 않았다. 배에 가스가 꽉 차서

못쓸 상인 때문에 생명을 잃을 뻔한 호펠린센

142

앙상한 몸에 배만 터질 듯 불러있었고 고통이 심한지 앓는 소리까지 냈다. 내 손에 힘없이 늘어져있는 털 없는 토끼를 본 동물병원의 닥터 강은 그야말로 경악하며 살아날 가능성이 희박하다고 날 달래기 시작한다.

그러나 곧 이렇게 쉽게 포기할 수 없다는 내 생각에 동의하고 함께 최선을 다해보기로 하자며 듬직한 얼굴을 해보였다. 얼마나 고마운지..... 25번의 주사로도 모자라 또 비타민제를 투여하고 나서야 집으로 데려올 수 있었다.

그 후로도 4일간을 매일 병원에 디녀야 했지만 내 방에 와서 뷔블리도 만나고, 뷔블리

동물들의 아픈 마음까지 고쳐주는 의사선생님들

가 수컷이라 함께 둘 수 없어 유치원에 마련해준 보금자리에서 아이들과 행복한 생활을 할 수 있었다. 예쁜 은회색 털이 푹신하게 자라 더 이상 안쓰러워 보이지 않는 토끼에게 아이들은 토끼가 깡총거리며 뛰는 모습을 의미하는 '호펠린센'이라는 이름을 붙여주었다. 털이 없는 사연을 내게서 듣게된 아이들은 호펠린센을 더욱 정성스럽게 돌봐주었다. 그 후 호펠린센이 건강해지자, 아이들과 나는 아는 사람이 키우던 호펠이라는 토끼와, 호펠린센을 결혼시

호펠린센의 신랑 호펠

켜 야생의 상태로 자유롭게 놓아주기로 하였다.

　두 마리 토끼의 결혼식은 유치원의 축제일이었고 함께 코를 부비고 달리기 경주를 하며 노는 한 쌍을 보며 아이들도 나도 안도의 숨을 쉴 수 있었다. 서로 잘 어울리는 둘을 공원에 풀어놓기로 한 날은 아이들도 나도 잠을 설쳐야 했다. 이제 쓰다듬어주는 손길이 없을 텐데…… 사람들이 깨끗하지 못한 야채를 주면 어떻게 하지…… 다른 토끼들하고는 잘 지낼 수 있을까…… 꼬리에 꼬리를 무는 걱정을 뒤로하고 버스에 올랐지만 눈가의 물기는 멈출 수 없었다.

　그렇게해서 호펠과 호펠린센은 혼자가 아닌 둘이 되어 새 보금자리를 찾았고 다시는 털을 깍여 추위에 떨어야 하는 걱정 없이 살게 되었다. 그 후로도 아이들과 함께 중앙공원을 방문하여 이름을 부르면 얼른 달려와 반가운 눈인사를 했고, 몇 달 뒤엔 네 마리의 어린 토끼와 함께 달려오는 것을 볼 수 있었다. 모두 엄마 아빠를 닮아 밤색과 회색 털을 반반씩 섞어 가진 예쁜 아기 토끼들이었다.

마포 오피스텔 뒷마당 쓰레기더미에서 일주일 이상을 울부짖으며 배회하던 강아지도 동대문시장에서 죽어가던 호펠린센처럼 가슴아픈 기억으로 남아있다. 그 개가 왜 오피스텔 뒷마당 쓰레기더미에 나타났는지도 정말 의문이었다. 몹시 야위고 지친 모습으로 사람이 다가가면 무섭게 으르렁거려 쓰다듬어줄 수도 없었으며 경비아저씨들이 주는 쓰레기나 다름없는 음식을 먹으며 매일매일 거기에 있었다.

　　사람들이 쓰레기 봉지를 버리러 올 때마다 이 개는 짖어댔다. 사

따뜻한 사랑이 그립답니다.

람들은 조용히 하라고 같이 으르렁거렸으며 더욱 거세게 짖는 개를 발로 차고 때리기도 다반사였다. 구타에 못 이겨 겨우 제 몸 크기 만한 나무상자에 몸을 감추고 웅크리고 있으면서도 개는 쓰레기장을 떠나지 못했다. 어떻게 해서든 굶주림을 면해보려는 생각 때문이었을 것이다. 가끔은 눈가에 흐르는 피를 보아야 하는 경우도 있었다.

나는 가게에서 개밥을 사다 먹이기 시작했다. 캔에서 고기를 꺼내어 제 앞에 들이미는 내 손길에도 개는 으르렁거리며 경계심을 멈추지 않았다. 이렇게 며칠이 지나도록 계속되는 울부짖음과 사람들의 구타를 더 이상 지켜보기만 할 수는 없었다.

사람에게서 믿음을 잃어버린 것이 분명한 이 개에게 다시 사람과 더불어 사는 아름다움을 가르쳐주기로 마음먹고, 개를 데려다 키울 사람을 물색하기 시작했다. 오피스텔에 사는 내가 데리고 있는 것은 불가능했고, 마당이 있는 단독주택이라야 했으며, 아픔과 미움과 불신으로 얼룩진 동물을 인내심 있게 치유할 수 있는 마음의 소유자라야 했기에 쉽지 않았다.

사람을 잘 따르고 예쁘며 인기 있는 품종의 개라면 문제는 다르겠지만 누구도 쉽게 응해주질 않았다. 학교의 동료들에게 집을 임대해주고 자신은 용인에서 농사를 짓고 있는 김애란 아주머니가 자기의 과수원에서 수확한 배라면서 학교에 몇 상자를 들고 왔다. 내가 왜 이 아름다운 여인을 생각하지 못했을까. 김애란 씨는 아프고 슬픈 생명들을 위한 다정한 마음씨를 가슴 한쪽에 늘 준비하고 사는 한국 여인이다. 아니나다를까 내 이야기를 듣자마자 김애란 씨는 쾌히 응낙했다. 난 그날 저녁 학교가 끝나자마자 아주 커다란 고기 캔을 사 들고 그 기쁜 소식을 전해주러 갔다. 개는 여전히 으르렁거렸지만 반복해서 설명하는 내 마음을 읽었는지 다소 누그러지는 기색을 보이기도 했다. 기쁘기 이를 데 없어 소리라도 지르고 싶었던 내 마음을 분명히 읽었던 것일까?

　약속대로 바로 다음날 김애란 씨는 그녀의 남편과 여섯 살짜리 딸을 데리고 마포까지 왔으며, 경비 아저씨들의 도움을 받아 녀석을 차에 실었다. 나는 더 이상 쓰레기더미에서 울부짖는 녀석의 비명을 듣지 않아도 되었다.

동물병원에도 간혹은 주인을 못 만나서 지루한 나날을 보내야
하는 애완동물들이 있다. 대개는 볼품없이 생겼거나 야위고 병든
동물들이다. 학교 동료　소피의 집에서 지내다 독일의 소피 부모
님 집으로 입양된 이메일을 생각하면 '참 잘했지' 하는 자부심에
행복한 웃음을 절로 풀풀 흘리게 된다.

　　어느 날 근무가 끝나고 쓰레기더미에서 발견된 내 토끼 뷔블리
의 건강진단을 위하여 동
물병원에 가기로 했다.
마침 소피의 집 근처가
동물병원이어서 함께 가
자고 들렀더니 그녀는 독
일에 있는 남자 친구의
이메일 (E-mail)을 초조
하게 기다리고 있었다.
컴퓨터를 뚫어져리 처다
보며 남자의 소식을 기다
리는 그녀의 모습은 창백

독일로　입양된 예쁜 고양이 이메일

하기까지 했다.

집에서 그렇게 앉아만 있으면 건강에 좋지 않을 거라는 나의 설득으로 가까스로 병원엘 동행하게 되었는데, 거기서 그녀는 병적으로 울고 있는 고양이를 보게 되었다.

내가 토끼를 사랑하는 것처럼 고양이를 끔찍이 좋아하는 그녀였기에 너무나 마르고 겨우 한 주먹도 안 될 만큼 작으며 아픈 것이 분명한 이 고양이를 못 본 척 나올 수는 없었다. 병원에서도 원하는 주인을 찾지 못해 그녀가 고양이의 새 엄마가 되어주기를 원하는 눈치였다. 소피의 눈을 보니 고민하고 있었다.

고양이를 데려다 놓으면 휴가 때는 누가 돌보지? 어차피 이렇게 야위었고 아파 보이는데 건강해질 수 없을지도 모르잖아?

결정을 못하고 날 바라보는 소피에게 난 고양이를 데려가서 한 생명을 구해보자는 애절한 눈빛을 보냈다. 데려다가 잘 돌봐주면 살아날 가능성도 있어. 휴가 갈 경우는 그때 가서 봐 줄 사람을 찾아보자.

결국 소피는 고양이에게 필요한 물건들을 사고 그 작은 녀석을 한 쪽 팔에 앉고 집으로 돌아갔다. 그러나 남자 친구로부터 이메일은 끝내 오지 않았다. 그녀는 매우 낙담하는 눈치였다. 그래도 소피는 중요한 이메일을 기다리다 얻은 고양이여서 이름을 '이메일'이라고 붙여주고, 아픈 마음을 이메일로부터 위안 받을 수 있었다. 여러 차례에 걸쳐 의사의 치료를 받고 건강하게 자란 이메일은 그해 여름 소피와 함께 독일행 비행기를 타게 되었고 지금까지 그녀의 부모님 집에서 행복하게 살고 있다고 한다.

살아있는 생명을 버리기 전에 다시 한 번 그들의 눈빛을 들여다보자. 많이 가진 사람만이 많이 사랑할 수 있다는 말은 설득력이 없다. 그저 지금보다 조금만 더 자신의 것을 나누고 조금만 더 사랑한다면 우리 세상은 훨씬 풍요로워질 것이다.

보길도의

새벽

15

보길도의 새벽

 지난 부활절 방학 때 내가 남해로
여행을 떠나는 동안 졸리는 오피스
텔을 떠나 내 친구 집에서 지내야 했
다. 분당 공원에서 데려와 잘 적응하
고 있는 졸리를 2주간이나마 다른 집에 맡기는 것이 마음 아팠지
만 늘 가보고 싶었던 차 재배지 보성을 들른 후 땅끝마을을 거쳐
보길도까지 갈 기회를 얻었기에 눈 딱 감고 결정을 내렸다. 또 믿
을 만한 친구 집으로 보내는 것이어서 큰 걱정 없이 우리는 부활
절을 헤어져서 보내기로 하였던 것이다.

결과부터 말하자면 우리 둘 다에게 의미 있는 경험이었다. 끝도
없이 펼쳐진 차 밭은 조용한 봄바람 아래서 그대로 잔물결이 일렁
이는 초록바다였다. 정성으로 구워낸 도자기로 만든 다기와 잘 끓
여진 찻물, 그리고 마실 때의 여유가 조화로움을 이루는 녹차 맛
은 차의 빛깔과 더불어 유럽에서는 만나기 힘든 예술이라고 할 수

있다. 한국에서 가끔 보내 드린 덕에 이제는 스위스의 부모님도 그 멋스러운 맛을 그리워하게 되었다. 재배지에 온 기념으로 부모님께 드릴 녹차도 한 꾸러미 사서 가방에 넣고 뿌듯한 마음으로 보길도로 향하는 여행길에 올랐다.

섬의 절경은 물론 한국 최고의 미역과 다시마 산지로 유명한 보길도는 땅끝마을에서 배를 타고 가야 했다. 내 두 다리로 육지의 가장 끝에 서서 아주 멀리 몇 개의 흩어진 점으로만 보이는 섬을 바라보는 기분은 그야말로 특별하였다. 온통 산으로 둘러싸인 곳에서 나고 자란 나에게는 땅 끝에서 바라보는 섬이 또 하나의 가능성 혹은 희망으로 이어질 수 있는 기쁨이기도 했다.

섬으로 향하는 배표를 산 뒤 동행한 친구와 나는 선착장 부근을 돌아보기 위해 천천히 걸어 내려갔다. 그곳도 전형적인 한국 포구의 모습과 전혀 다를 바 없었는데, 난 그만 아주머니들이 파는 살아있는 물고기들과 눈을 마주치고 말았다. 물고기가 지구인들에게 중요한 식량임을 모르는 바는 아니지만 지금처럼 파닥거리는 물고기들과 눈빛을 마주하고 나면 그들이 팔려가서 누군가의 배를 채우게 놓아둘 수가 없다. 나나 내 친구가 채식주의자인 것

도 우리가 그냥 지나치지 못하는 원인이기도 하다.

　장사하던 아주머니들은 물고기 통을 기웃거리는 서양여자 때문에 기분이 좋은지 자꾸 웃으며 바라보더니 한국사람인 내 친구에게 요리법을 설명하기 시작한다. 옆에서 무료하게 손님을 기다리던 다른 아주머니들도 날 구경하러 왔는지 하나하나 주변에 모여들더니 저마다 자신들이 알고있는 최고의 생선 요리법을 설명하느라고 부산하다. 설명하지 않아도 내 마음을 아는 친구는 그냥 웃고만 있다. 주머니 사정이 허락하는 만큼 물고기를 사서 한국의 어느 곳에서나 흔히 볼 수 있는 까만 비닐 봉지에 가득 물고기를 넣고 나는 사람들 눈에 뜨이지 않는 기슭까지 내려가 모두 놓아주었다.

　불교에서 말하는 방생과 같은 거창한 의식이랄 것도 없이 그저 너무나 절실한 일이었다. 아주머니는 갑자기 고무통 속의 고기들을 다 팔게 되어서 기뻤고, 나는 물고기들을 다시 그들의 터전으로 놀려보낼 수 있어서 행복했으며, 슬픈 표정으로 날 보던 물고기들은 입을 크게 벌리지 않고도 숨을 쉴 수 있게 되었으니 모두에게 잘된 일이었다고 할 수 있지 않을까.

밤늦게 보길도에 도착해서 미리 연락해둔 민박집에서 쓰러지듯 잠으로 빠져들었다. 서울에서부터 보성을 거쳐 강행군을 했던 때문에 몹시 피곤해있었다. 아침에 일어나 보니 기거하는 민박집 마루에는 말리기 위한 미역과 다시마가 빈틈이 없을 만큼 빼곡이 널려 있었다.

보길도의 해안가는 모래사장이 아니라 수년간 파도의 물살에 의해 다양한 모양과 색깔을지니고 있는 크고 작은 조약돌들로 이루어진 해변이었다. 역시 자갈 해안인 프랑스의 노르망디 해안에 견주어도 손색없을 만큼 아름다운 해안이었다. 먼바다에는 섬들이 떠 있듯이 보였고 물위에서는 긴 밧줄로 묶여있는 작은 낚싯배들이 춤추고 있었다. 해변의 조약돌 위에는 벌써 이른 새벽 어부들이 건져 올린 다시마들이 끝없이 널려있었다.

보길도에는 조약돌 위뿐만 아니라 툇마루, 담장 위 그리고 동네 길목 어귀 어디에나 볕에 말리기 위한 다시마들이 널려있었다. 어두운 초록과 올리브 색을 함께 지니고 있는 다시마는 꼭 플라스틱처럼 보였지만 만져보면 아주 매끄럽고 부드러웠다. 내가 특히 미역과 다시마를 즐겨 먹기 때문에 널려있는 것들에 저절로 눈길이

갔다.

  미역과 다시마를 채취하는 사람들은 주로 갈색 얼굴에 주름이 깊이 패인 나이든 부녀자들이었다. 부지런히 손을 움직이면서 주고받는 그들의 이야기 소리는 금세 조약돌 사이로 잠겼다가 영영 파도에 묻혀버리는 듯하다.

  민박집에서 준비해준 식사는 서울의 어떤 식당에서 먹는 것보

다시마와 미역을 가득 싣고 어부들이 돌아오는 보길도의 새벽

다 훨씬 맛있는 한국음식이었다. 된장국과 김치 그리고 또 초고추장에 찍어 먹을 수 있게 준비한 생 다시마...... 다시마를 많이 팔아 아들을 서울의 대학에 보내게 되기를 바라는 오직 한 가지의 소원으로 평생을 살았다는 민박집 아주머니는 낯선 여자를 아주 오래 알았던 친구처럼 정겹고 진솔하게 대해준다.

같은 유럽 여자들에게서는 기대하기 힘든 고귀한 어머니의 꿈이었다. 한국의 어머니들은 자식들만은 자신보다 나은 삶을 살게 해야한다는 일념으로 자신의 모든 것을 희생하는 것 같다. 그녀의 이야기를 들으면서 짧은 순간이나마 내 삶을 부끄러워했다. 내가 책임져야 할 사람을 아무도 만들지 않았고, 그저 가고 싶은 곳을 여행하며 부모 형제를 떠나 살고 싶은 곳에 가서 마음대로 살아가는 내 자신만을 위한 삶 말이다. 남에게 피해를 주지 않는다고는 해도 그것은 어쩌면 너무나 이기적인 삶일런지도 모른다. 그에 비하면 아들을 좀 더 잘살게 해주기 위해 자신의 평생을 희생하는 이 어머니 어부는 정말 아름다운 한국의 여인이었다.

이 아주머니는 새벽마다 배를 타고 나가 해가 솟아오르기 시작할 무렵이면 솟는 해만큼이나 힘찬 모습으로 다시마와 미역을 가

오직 아들이 서울의 대학에 갈 수 있기만을 바라는 그녀의 꿈이 이루어지길....

득 신고 나와 해변의 조약돌 위에 널곤 한다. 이렇게 보길도의 아침은 다시마와 미역을 바닷가에 끝도 없이 길게 너는 것으로 시작되었고, 생애에 다시없는 소중한 시간을 보냈던 그곳에서 떨어지지 않는 발길을 완도로 향해 달음질쳐 나와야 했다.

재환이와
졸리의

꿈

16

재환이와 졸리의 꿈

내가 부활절 휴가를 보내는 동안 졸리는 일산의 듬직한 나의 꼬마친구 재환이네 집에서 자연산 무공해 민들레를 대접받으며 새로운 가족들과 지낼 수 있었다. 2주 동안을 쭉 지켜본 꼬마친구 엄마의 얘기에 의하면 졸리를 잘 돌보기 위해 얼마나 노력했는지 알 수 있었다.

졸리의 보호자로 2주 동안 먹이를 주고 하루에 두 번씩 졸리의 화장실 청소를 하며 수시로 물도 새로 떠다주는 막중한 임무를 맡게 된 재환이는 어른과 비교도 안 될 만큼 열심이었다고 했다. 내가 졸리의 짐 속에 함께 넣어 보낸 토끼백과를 몇 번씩 반복해서 읽으며 책에 쓰여진 그대로 돌보았단다.

민들레도 차가 다니지 않는 곳의 잔디밭에서 어린잎으로만 골라서 뽑아 깨끗이 씻은 다음, 물기를 닦아 먹기 좋을 만큼씩 잘라

서 접시 위에 놓아주었다고 했다. 덥지도 춥지도 않게 온도를 맞
추느라 하루에도 여러 번씩 졸리 있는 방의 창문을 열었다 닫았
다 했으며, 졸리의 밥그릇은 늘 가지런한 야채와 소복이 쌓인 마
른 사료들이 볼 때마다 금방 갈아주었구나 생각하게 했단다.

이제 만 10살인 재환이는 독일에서 태어나 한국으로 이사온 지
2년이 조금 넘은 남자아이다. 외국에서 오래 살다 온 때문에 친구
도 많지 않고, 자신이 유럽에서 키우다 다른 가정에 입양시키고
온 햄스터가 보고싶어서인지 애완동물에 대한 관심이 각별한 친
구다. 들이나 산으로 산책을 가도 자신의 발에 개미 같은 작은 곤
충이 밟혀 죽지나 않을까 염려하며 발 밑을 살펴가며 걸음을 옮기
는 예쁜 마음을 지녔다. 달팽이를 잡아서 가지고 노는 친구에게
'괴롭히지 말고 다시 풀숲으로 보내 줘' 하고 충고했다가 얻어맞
았으면서도 포기하지 않고 결국 달팽이를 빼앗아 놓아주고 나서
야 맞은 데가 아파 울면서 집으로 오기도 한다.
무엇보다 재환이가 관심을 가졌던 부분은 졸리의 잘못된 턱 구
조였는데 이빨이 조금만 자라도 제대로 씹지 못하는 모습이 자신

의 처지와 비슷하다고 생각한 듯 하다. 재환이 역시 불행하게도 영구치가 여섯 개나 결핍인 희귀한 치아 질환을 앓고 있다. 젖니가 빠지면 영구치 결핍인 부분의 간격유지를 위해 입에 특수장치를 끼어야 하는 재환이는 학교나 검도장에서 먹을 것을 주어도 장치를 빼놓을 곳이

없어 다른 아이들 먹는 것만 바라보아야 하는 경우도 있다고 한다. 그러면서 다소 성격이 어두워지기도 하고 자신의 영구치 결핍 때문에 걱정도 많이 하고 적극성도 줄어드는 건 아닌지 재환이의 엄마가 걱정하기도 했었다.

유난히 졸리에게 정성을 쏟은 이유도 자신의 그런 처지와 상관이 있었던 건 아니었을까? 재환이는 졸리가 사과 먹는 모습을 들여다보며 말하곤 했단다.

'이것도 너의 운명이야. 나에게 이가 여섯 개나 안 생긴 것처럼.

하지만 너는 카린 선생님
을 만났으니까 조금 불편
한 것만 참으면 다른 토끼
들보다 훨씬 행복하게 살
수 있을 거야.

　　　나도 고등학생이 되면
이를 내 잇몸에 심을 수 있대. 그럼 어디서든지 먹고 싶을 때 먹
을 수 있게 될 거란다.'

　자신의 환경을 불평하지 않고 그대로 받아들이며 그 상태에서
가장 행복해질 수 있는 방법을 졸리를 통해 배운 것인지도 모른
다. 한창 개구쟁이의 10살 남자아이가 논리적으로 운명이란 것을
생각할 수는 없겠지만 누구의 잘못때문이 아니라 그냥 그런 일이
자기에게 일어났다는 것을 인식하게 되었을 것이다. 그러면서 그
일로 슬퍼하지 않고 약간은 불편하더라도 방법을 바꾸면 얼마든
지 잘 살아살 수 있다는 것을 받아들이게 된 것은 정말 대견한 일
이다.

　졸리의 식사량이 조금이라도 줄어들면 이빨이 벌써 자라서 불

편한가 하여 졸리 입을 들여다보고 오이와 사과를 아주 얇고 길게 잘라 접시에 놓아주었다. 그러면 앞니가 걸려도 먹을 수 있다는 것을 관찰을 통해 알게된 터라 직접 칼질은 못해도 준비하는 할머니나 엄마 옆에서 이렇게 저렇게 해라 잔소리가 보통이 아니었다. 재환이 학교 친구의 강아지 '깜찍이'가 졸리를 방문했을 때 압도적으로 큰 몸집의 졸리가 깜찍이를 몰아내버렸단다. 강아지가 오히려 토끼를 무서워하는 촌극이 벌어지자, 재환이는 제 동생이 밖에 나가서 싸워 이기고 온 것처럼 통쾌해했었다고 한다.

아직도 병원에 가서 마취를 한 후에야 자란 이빨을 잘라낼 수 있는 졸리는 이제 자신의 상황에 많이 적응했나보다. 내가 안고 조심스럽게 발톱깎기를 이용해 조금씩 이를 갈아주어도 전처럼 발버둥치지도 않고 잘 참아낸다. 위 아래 이빨이 알맞게 부딪칠 정도가 되면 모든 토끼들이 으레 잘 씹어먹는 당근을 살며시 턱 앞에 밀어본다. 그러면 처음 보는 음식처럼 몇 번 냄새를 맡아보고 머뭇거리다가 아삭아삭 맛있는 소리를 내며 행복한 모습으로 열심히 먹는다. 며칠 아팠던 아기가 촉촉한 눈망울을 깜빡이며 내

미는 숟가락의 음식을 받아먹기 시작했을 때 엄마에게 밀려드는 감사와 안도의 감동을 난 졸리에게서 선물 받으며 산다.

재환이는 이제 살찐 졸리의 사진을 보며 작은 돼지 같다고 놀린다. 그리곤 여름에 스위스로 이사를 가면 꼭 우리 집을 방문해서 졸리를 만나보고 싶다고 지금부터 비행기표 값을 준비한다느니,

오리 먹이 주기에 여념이 없는 재환이와 유치원 친구들

방학 때 바이올린 연습을 몇 주 빼도 선생님이 화는 안 내실 지 걱정이 많다.

5월 31일에 있을 월드컵 축구대회에서 프랑스와 세네갈 경기의 식전행사에 초대된 재환이는 다른 나라 어린이 20여명과 함께 깃발을 들고 행진하기로 되어있다고 자랑이 이만저만이 아니다. 서울 상암동의 월드컵 경기장을 미리 구경해본 재환이는 월드컵 경기장에 아름답게 깔려있는 부드러운 초록색 잔디 위에서, 풀 뜯기를 좋아하는 졸리와 둘이서 마음껏 뛰놀고 싶다고 했다.

그렇다. 아름다운 이 세상은 결코 우리 인간들만의 소유가 아니다. 생명을 지닌 모든 존재들이 서로 사랑하며 함께 살아가는 세상인 것이다. 열 살 소년답게 과학자가 되어 우주에 가겠다는 재환이의 꿈과 함께 항상 다른 생명을 귀중하게 여기는 마음을 늘 간직하고 살아가기를 기원해본다.

헌신적인

간호사

졸리

17

헌신적인 간호사 졸리

어렸을 때부터 아스마를 앓아온 나는 겨울이면 늘 기침감기로 고생을 한다. 오래 계속되온 병이므로 겨울을 대비해 언제나 기침약이나 간단한 민간 처방 약 정도는 준비되어 있는데 지난 연말엔 약도 모두 떨어지고 기침도 유난히 심해서 늑막염으로 발전되어 몇 주간 고생을 해야했다.

기침을 너무 심하게 하다 갈비뼈마저 부러지고 말았는데 그런 때는 그야말로 앞이 캄캄해지고 만다는 말밖엔 달리 적절한 표현을 찾을 수 없다. 더욱이 가족과는 아주 멀리 떨어진 지구 반대편에 혼자 앓으며 누워있는 기분은 세상 사람들 모두 행복하게 웃고 있는데 혼자만 고아가 되어 길을 잃은 것 같은 기분이다. 간단한 병인데도 곧 죽게 되는 것은 아닌지 하는 생각으로 우울증까지 겹쳐 몸과 마음은 점점 땅 속으로 가라앉는다. 해마다 주기적으로 겪는 연례행사라고 해도 과장이 아닐 만큼 일 년에 한두 차례는 시달려 왔는데 이번엔 졸리가 있어서 혼자라는 쓸쓸한 기분에는 휩싸이지 않아도 되었다.

의사는 적어도 일주일은 입원을 해야한다며, 약만 지어서 집으로 내빼려는 날 정신이 있는 사람이냐고 걱정하는 눈빛으로 붙잡으려 했다. 이렇게 심한 폐렴과 늑막염이 겹쳤고 열이 40도를 오르내리는데 입원시켜야지 도저히 집에 보낼 수 없다고 완강한 태도를 보였다. 그뿐 아니라 갈비뼈마저 부러져서 침대에 누워 절대 안정을 취하지 않으면 큰 일이 날 수도 있다며 자못 협박의 뉘앙스가 담긴 입원 권유를 끈질기게 해왔다.

그러나 나는 졸리를 혼자 둘 수도 없었고 지금까지 그래온 것처럼 열만 가라앉으면 집에서도 충분히 치료가 가능하다는 생각이었다. 다행히 유치원도 성탄절 방학이었으므로 집에 가서 쉬면서 졸리만 잘 놀보면 아무 문제도 없었다. 내 사정을 의사에게 얘기했지만, 자신이 돌봐야 할 가족은 있어도 촉촉힌 눈망울을 껌뻑이며 내가 들어오기만을 기다리는 토끼는 키워보지 않았을 것이 분명한 의사는 말도 안 된다며 더욱 강하게 입원을 종용해 왔다. 졸리에 대해 설명하기를 반복하다가 난 육체의 고통과 마음속의 외로움, 그리고 졸리의 처지까지 모든 설움이 한꺼번에 밀려와 그만 의사 앞에서 엉엉 울고 말았다. 결국 의사는 가능한 한 걸어다니지 않겠다는 약속을 하게 하고 몇 봉지의 약을 손에 쥐어 준 채, 병이 나으면 그 행복한 토끼좀 보여 줄 수 있겠냐는 말과 함께 날 퇴원시켜주었다.

거의 땅에 붙어 밑으로만 꺼져가는 무거운 발걸음을 천천히 옮겨가며 오피스텔 문을 열자 졸리가 순식간에 내 다리에 붙어 주위를 돌며 반긴다. 그리곤 그렇게 쓰러져 누워 이틀을 일어나지 못했는데 졸리는 내내 옆에 앉아 날 지켜주었다.

촉촉한 졸리의 코를 느낄 수 없었다면 난 영원히 눈을 뜰 수 없었을 지도 모를 일이다. 내가 거친 숨을 쉬며 벽에 기대어 앉으면 졸리도 내 무릎 위에 앉았고 냉장고에서 상추를 꺼내어 접시 위에 놓아주어도 가서 먹지 않았고 한 이파리씩 가져와 내 곁에서 먹었다. 돌아눕기 위해 몸을 뒤척이면 저도 얼른 일어나 앉았다가 내 얼굴을 볼 수 있는 쪽으로 옮겨 누웠다. 그리곤 제 몸의 따뜻한 털을 내가 느낄 수 있게 24시간 내 옆에 있어주려고 노력했다. 분당에서 데려와 턱 수술을 해야 했을 때 내가 저를 돌보아주었던 것에 비교해보아도 전혀 모자라지 않은 정성으로 아픈 내 곁을 지켜준 것이었다. 이렇게 충직하고 헌신적인 간호사가 또 있을까.

내 병을 낫게 한 것은 의사의 치료와 약의 효과 때문이었지만 마음까지 아프지 않고 누워서도 슬픔을 이길 수 있었던 것은 매 순간 내 곁에 있어주었던 졸리의 간호 덕분이었다. 돌보아준 사람을 절대로 배반하지 않는 것이 동물이라는 말을 새삼 느끼고 또 공감할 수 있었던 성탄절이었다.

안녕

코리아

18

안녕 코리아

마침내 졸리와 나의 스위스 행 비행기표를 샀다. 7월 4일이면 우리는 반대편 하늘 아래 의 새 집에 있을 것이다. 은털이는 아무래도 화물항공 카고를 이용해 미리 보내거나 입양 해줄 좋은 부모를 찾아보기로 했다.

가야 하기로 결정을 했으면서도 지난 몇 년 동안 그랬던 것처럼 다시 마음이 약해져 짐도 챙기지 않고 이사 준비도 하지 못한 채 이렇게 작은 방 안을 서성이는 버릇이 생겼다. 하지만 자꾸 미루 기만 하는 것이 아무런 변화도 가져다주지 않을 것임을 안다. 당 분간 한국생활을 정리하기로 한 것은 내가 원하든 원하지 않든 이미 결정한 일이므로 준비를 해야만 한다. 스위스의 아버지께서 벌써 졸리가 살 집을 준비하고 계신 것처럼 이제는 나도 여기서 이별을 준비해야 하는 것이다.

은털이의 미래를 생각하면 마음이 더욱 아프고, 그냥 계속해서 한국에 머물까 하는 생각과 함께 계획을 근본적으로 다시 숙고해 보게 한다. 분당으로 다시 보낼 수는 없다. 그리고 따뜻해졌으니 남산에 풀어주면 좋지 않겠냐는 의견을 말하는 사람도 있다. 그러나 남산 역시 분당공원에 보내는 것과 큰 차이가 없다. 그동안 먹여주는 사료에 길들여진 은털이가 혼자 먹이를 찾아가며 사는 것도 혹독하지만 겨울이 오면 여러 가지 문제로 살아남기 어려워질 것이기 때문이다. 또 얼마를 키우다가 내다버릴지 모르는 가정에 입양을 보내는 것도 바람직하지 않고, 결국 졸리와 함께 스위스로 데려가는 것이 가장 좋은 결정일 듯 싶다. 혼자서 둘을 동시에 데려가기는 번거롭기 때문에, 미리 아버지께서 찾으실 수 있게 항공 카고편으로 보내는 방법을 모색 중이다.

사실 스위스에서 다시 시작해야 한다는 것은 여러 가지로 날 주춤하게 한다. 아침마다 웃어주던 버스기사 아저씨의 눈인사를 그리워하게 될 거고 언제나 사람 사는 냄새를 맡을 수 있었던 남대문 시장은 사랑하는 연인을 두고 갈 때보다 더 서운한 마음이어서 오래지 않아 그리울 듯 하다. 두 번째 고향으로 가슴 깊이 자리한 서울이 나에게는 영혼의 도시이다. 짧지 않은 세월 동안 적지 않은 사람들과 끝없이 많은 아름다운 인연들을 만들 수 있었던 한국을 이제 떠나야 한다. 내 마음은 이미 이곳에 주어버렸고 그보다 더 아름다운 마음을 선물 받은 이곳을..... 아무리 굳게 다짐해도 도저히 준비할 수 없는 이별을 몇 달 앞에 두고 있는 것이다.

사실은 부모님을 가까이에서 원하는 만큼 볼 수 있게 될 스위스에서의 생활을 많이 기다려 왔음에도 불구하고 비행기를 타야하는 전날까지도 짐 싸는 일을 하지 못할 듯하다. 졸리를 위해서도 가능한 한 마지막까지 오피스텔에 있다가 이사를 가는 것이 좋기도 하거니와 무거운 마음을 주체할 수가 없어서이다. 한국에서의 모든 기억들은 한 조각도 빠짐없이 내 이삿짐의 가장 중요한 부분으로 함께 챙겨 갈 것이다. 내 추억 속에서 영원히 머물러야 할 소중한 재산이다. 이런 모든 아쉬움을 뒤로하고 졸리가 함께 가며 뷔블리를 다시 만나게 된다는 사실이 날 흥분하게 한다.

얼마나 아름다운 순간들이었던가. 한국에서 이렇게 오래도록 아름다운 사람들과 더불어 반은 한국 사람으로 살 수 있었던 시간들에 대해 감사할 따름이다. 여기에서의 나의 시간들을 언제까지나 자랑스러워 할 것이다. 내 모든 친구들에게 그들이 있어 이 세상이 훨씬 아름다워졌다는 말을 꼭 전해주고 싶다.

14년 동안이나 날 붙들었던 아름다운 마음씨들도 안녕……

카린의 아름다움을 닮아보려는...

나 이거 어떻게 해야 하지? 현자가 전화 좀 해봐요.

작년 초 어느 날, 아침부터 내 사무실로 뛰어들어와 Guten Morgen! 인사하는 것도 잊고 다급한지 제법 유창하던 한국어를 더듬어가면서 이내 호소하는 눈빛으로 날 쳐다보았다.

카린이 내미는 쪽지엔 분당공원의 관리인 전화번호와 이름이 역시 삐뚤삐뚤한 카린의 글씨로 적혀있었다. 의아하게 바라보는 내게 주어와 동사를 아무데나 집어넣은 자기만의 한국어로 설명하던 카린은 답답한지 금새 속사포를 쏘듯 독일어로 전후 사정을 얘기해주었다. 그때서야 듣는 나 역시 이해가 갔고, 우리는 두 마리의 병든 토끼를 구하기 위해 동분서주 뛰었다.

이런 일이 카린에겐 가장 중요한 일이다. 시간과 형편을 생각하지 않고 눈앞에 보이는 동물들의 아픔을 제 아픔보다 더 간절하게 치유해주려 한다. 아파도 집에 혼자 있는 토끼 걱정으로 병원에 입원을 못하는 사람이 카린이다. 카린을 보고 있노라면 똑같이 한번 살다 가는 삶인데 저렇게 살아야 후회하지 않는 인생을 꾸릴 수 있겠구나 다짐하게 된다. 그리곤 그녀가 입버릇처럼 하는 얘기..... '얼마나 많이 소유하고 얼마나 오래 사는가 보다는 어떻게 사는가가 훨씬 중요하지 않겠는가' 하는 뻔한 진리를 또박또박 진하고 단정한 글씨로 수첩에 한 번 더 적어보게 된다.

카린은 무슨 일에나 긍정적인 관심을 갖고 적극적으로 경험하려는 진취적인 여자다. 유치원이나 학교 행사 때는 물론이고, 카메라를 메고 산사를 찾아다녀도 사진만 찍고 오지 않는다. 산사의 보살님들이 연등을 만들고 있으면 바짝 다가앉아 열심히 배우고, 배운 것에 만족하지 않고 함께 며칠을 묵으며 수백 개의 연등을 만들어드리고 오는 것은 그녀에게 너무 당연한 이야기다. 다시마 공장에서도 일을 배우고 된장 담그는 것을 보면 영락없이 메주콩을 절구질해 반듯한 된장 덩어리를 만들어본다.

14년의 세월이 길기도 하지만 이런 그녀의 적극성으로 인해 다른 외국인들보다 우리말도 잘하고 토종 한국인인 니도 오랜 외국 체류 후에 적응하기 힘들어 고생하고 있는 한국생활을 제집처럼 편하게 영위할 수 있게 되었을 것이다.

된장찌개를 즐기며 생일 아침이면 미역국을 끓여 먹어야 하는 그녀를 보고 있자면 삐삐마른 길다란 키에 뾰족한 코와 커다란 파란 눈의 저 여자가 스위스 사람인가 하는 의문을 갖게 된다. 그만큼 한국에 완전히 적응해서 한국 아줌마처럼 살고 있기 때문이다.

난 카린에게 많은 것을 배웠다. 그리고 흉내내어보려고 했지만 얼마나 숭고한 가슴이 있어야만 가능한 일인지를 깨닫고 슬슬 뒷걸음질했던 것이 여러 번이다.

그러나 직접하지는 못해도 지켜보며 전해 받는 따뜻함이 말할 수 없이 소중한 행복이었음을 기억한다. 그렇기에 카린의 아름다운 이야기가 널리 전해져 많은 사람들이 흐뭇한 웃음을 한 번이라도 지을 수 있다면하는 바램으로 이 이야기를 썼다.

이제 7월이 되면 카린은 졸리와 은털이를 데리고 뷔블리가 살고 있는 스위스 프라우엔펠트로 간다. 이번엔 휴가가 아니고 제법 오래 돌아오지 못할 듯하다. 그때를 생각하면 벌써부터 가슴 한편에 휑하니 초겨울 바람이 인다. 된장과 두부와 미역이 귀한 그곳에서 채식만 하는 카린이 무엇으로 영양을 보충하며 살까?

제 나라 제 부모님 곁으로 가는 것인데도 나는 왠지 걱정만 앞선다. 아직도 개나리 벚꽃이 화사한 사월인데 난 벌써 은털이도 없고 카린도 없는 7월의 유치원 교실을 상상해보고 있다. 중년의 나이가 무색할 만큼 바쁘게 이리저리 콩콩 토끼처럼 뛰어다니는 그녀를 이별이 있기도 전에 벌써 그리워하고 있는 것이다.

2002년 봄 한남동에서
김 현 자

카린 슈미트(Karin Schmied)

스위스의 빈터투어 근교의 프라우엔펠트에서 태어나 그곳에서 성장하였다. 대학에서는 언어학과 독문학을 전공하였으며 1977년부터 1980년까지 유치원교사가 되기 위한 전문과정을 이수한 후, 1981년부터 자신이 어릴 때 다니던 프라우엔펠트의 유치원에서 교사로 근무했다. 1982년 드디어 어린 시절부터 동경하던 첫 번째 아시아 여행길에 올라 일본에서 적잖은 실망을 하고 부산을 거쳐 서울을 본 후 한국 매니아가 되었다. 몇 년간의 심사숙고를 거쳐 1988년 한국으로 이사와 지금까지 14년간 한남동의 서울독일학교 유치원에서 아이들을 가르치며 마포에 살고 있다.

김현자

한양대학교에서 국어 국문학을 전공하였다. 졸업 후 출판사 편집부에서 근무하다, 독일의 슈투트가르트에서 독문학과 번역문학을 수학하였다.

유학 시절, 당시까지 한국에서는 생소하였던 철학놀이를 통한 유아교육에 관한 내용을 다룬 《엄마가 만드는 꼬마 철학자》《아빠와 함께 떠나는 철학여행》 등의 번역서를 출간하였다.

현재 카린의 유치원이 속해있는 서울독일학교에 근무하고 있다.